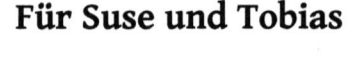

Für Suse und Tobias

Claudia Sperlich

Archipoeta
Der Erzdichter

© 2015 Claudia Sperlich
https://katholischlogisch.wordpress.com/

Verlag: tredition GmbH, Hamburg

Paperback ISBN 978-3-7323-7645-2
Hardcover ISBN 978-3-7323-7646-9
e-Book ISBN 978-3-7323-7647-6

Printed in Germany

Ebenfalls bei tredition erschienen:
Lass mich bekennen Deine Mandelblüte. Gedichte, 2015

Inhaltsverzeichnis

Vorwort

Der Archipoeta lebte im 12. Jahrhundert. Seine Vaganten-beichte, *Estuans intrinsecus*, ist in Auszügen durch Carl Orffs Vertonung bekannt geworden. Über das Leben des Autors wissen wir nicht mehr als das, was aus seinen Liedern hervorgeht. Nicht einmal sein Name ist überliefert – Archipoeta, zu Deutsch Erzdichter, ist ein Beiname. Zwar wurde behauptet, er sei mit einem Ritter Walther identisch, aber das ist eine sehr vage Hypothese.

Von seinem Werk sind nur die in dieser Erzählung vorgestellten Lieder erhalten. Sie entstanden im Umkreis seines Mäzens, des Bischofs Rainald von Dassel. Nun ist es kaum denkbar, daß ein Dichter von solcher Sprachgewalt nicht mehr geschrieben hat als dies – ich vermute, wir kennen nicht einmal ein Zehntel seines Werkes.

Sein Mäzen war der Bischof Rainald von Dassel, der Barbarossa unterstützte. Über diese beiden weiß man recht viel. Rainald von Dassel starb im August 1167 an einer Seuche; die Spur des Archipoeta verliert sich danach.

Die genannten politischen und kirchlichen Ereignisse fanden tatsächlich statt – auch die melodramatische Inthronisierung des Gegenpapstes Victor. Meine Schilderung des Archipoeta ist allerdings Fiktion.

Manche Forscher meinen, seine Klagen über seine Armut, Krankheit und Sünde seien fiktiv. Tatsächlich ist der Topos vom armen, liederlichen Dichter dem Mittelalter bekannt gewesen. Aber mir erscheint zumindest die Vagantenbeichte zu frisch, zu authentisch für den Aufguß eines Topos, ebenso die Klage über das abgebrochene Studium.

Ich habe Rainald von Dassel recht sympathisch portraitiert, weil ich es aus der angenommenen Sicht des Archipoeta tat. Rainald wurde von vielen Menschen mit Grund gehaßt; er war nicht nur Erzbischof und Erzkanzler, sondern auch ein zuweilen überaus harter Feldherr. Andererseits ist seine schrankenlose Großzügigkeit glaubwürdig bezeugt, ebenso wie seine vergebliche Bitte für die Bürger von Mailand.

Ein Bildnis Rainalds ist auf das Reliquiar in Köln eingraviert, allerdings ist es vermutlich kein genaues Portrait. Dem gewöhnlichen Besucher des Kölner Doms ist es leider nicht sichtbar, weil das Reliquiar sehr hoch steht und die Gravur auf dem dachartig geschrägten Deckel von unten nicht zu erkennen ist. Im Internet finden sich Photos davon.

Rainald war aus katholischer Sicht eine schillernde Gestalt – als Unterstützer mehrerer Gegenpäpste und eines ketzerischen Kaisers war er Häretiker, zugleich verdanken wir ihm die Erhebung Kölns zum Wallfahrtsort, dies aufgrund eines Reliquiars, in dem weder die Reliquien der Heiligen Drei Könige noch sonst etwas Heiliges je waren. Der Archipoeta war dadurch, daß er Rainald auch in kirchenpolitischer Hinsicht folgte, ebenfalls häretisch. Zugleich war er tiefgläubig und immer wieder rückfälliger, immer wieder reuevoller Sünder.

Meine Übersetzung der Lieder folgt dem Metrum der Originale. Die lateinische Sprache ist sehr viel reimfreudiger als die Deutsche; der Versuch einer genauen Nachahmung führt hier regelmäßig zu Reimereien nach dem Prinzip „reim dich oder ich fress dich". Ich habe daher weniger gereimt als der Archipoeta.

Die lateinischen Zitate richten sich nach der im Mittelalter üblichen Schreibweise.

Im Anhang finden sich die Lieder im Original. Ich benutze die unter Philologen üblichen Bezeichnungen Carmen (Lied) I-X. Carmen X ist leider nicht vollständig erhalten; dem langen Carmen V fehlen zwei Verse.

Das mittelalterliche Latein wurde etwas anders ausgesprochen als das klassische; die klassische Sprache wird durch Längen und Kürzen, also Quantifizierung der Vokale, lebendig, die mittelalterliche nach dem uns vertrauteren Heben und Senken der Stimme.

Die Umlaute oe und ae werden im Mittellateinischen zu e zusammengezogen, das c wird vor e und i wie z ausgesprochen (und oft auch als z geschrieben); gleiches gilt für das t vor i. (Dies alles gilt für die Weltgegend, aus der der Archipoeta stammte; die lateinische Aussprache war in Prag sicher anders als in Salamanca, und vermutlich hat auch unser Dichter sich in Italien eine andere Aussprache angewöhnt. Zudem können Sprachwissenschaftler zwar herausfinden, wie es ungefähr geklungen hat – aber Genaues kann man nicht wissen.)

Es gibt zwei verschiedene Zählungen der Lieder; ich richte mich nach der chronologischen Zählung von Langosch.

Einzelne Strophen kommen in mehr als einem Lied vor. Ob der Archipoeta das so gewollt hat oder ob es an ungenauer Überlieferung liegt, ist unbekannt.

Oktober anno Domini 1158. Mehrere Städte Italiens haben sich Kaiser Friedrichs Streitmacht unterworfen; vor fünf Wochen, nach einem Monat der Belagerung, auch Mailand. Die Verhandlungen mit Mailand – vielmehr Mailands erzwungene Annahme eines Kataloges von Schuldzahlungen und Pflichten – sind abgeschlossen; man wird bald aufbrechen nach Roncaglia.

Rainald von Dassel, Domprobst von Hildesheim, Erzkanzler Deutschlands und Italiens, juristischer Berater und Stratege des Kaisers, sitzt gelangweilt in seinem Prachtzelt. Viel zu wenige Bücher konnte er mitnehmen, das Gespräch mit Gebildeten fehlt ihm, und ihm fehlt Musik – zwar gibt es Sänger im kaiserlichen Troß, aber die genügen seinen verwöhnten Ohren nicht.

Er weiß nicht, daß am Rande des Lagers, bei den Zelten der niederen Chargen, bei den von Rainald ingrimmig geduldeten Dirnen und Marketenderinnen, Lieder zu hören sind, nicht nur von grölenden Söldnern. Ein fahrender Sänger wird seit einiger Zeit von den nicht minder gelangweilten Soldaten durchgefüttert und gelegentlich auch von den Dirnen. Sein Deutsch hat einen rheinischen Einschlag, aber mit den höheren Offizieren – die sich auch zuweilen mit anderem als Marketenderinnen und Dirnen ablenken müssen – spricht er eines Scholaren würdiges Latein. Das einfachere Latein der Vaganten dient zur Verständigung mit den burgundischen, ungarischen, böhmischen und italienischen Soldaten. (Was die reichen Händler und die armen Studiosi verbreiten, ist zwar kein besonders geschliffenes Latein, aber es genügt, um sich von Prag bis Portugal durchzuschlagen.)

Etwas heiser ist er, kein Wunder bei dem dünnen Zeug, den zerrissenen Schuhen, aber die Stimme versagt ihm nicht, wenn er von süßen Weibern und ungemischtem Wein singt und von Unbehaustheit, Einsamkeit, Getriebenheit und Armut. Die Wächter und die Soldaten verstehens gut.

Zwei Tagereisen südöstlich von Mailand, vor den Toren des kaisertreuen Piacenza, wird im November über die künftige Ordnung in Reichsitalien beraten, wird die Verwaltung des nun kaiserlichen Landes im Großen wie im Kleinen geregelt. Straßen sollen sicherer werden, gegen die Plage der Wegelagerei werden Männer im Auftrag des Kaisers mit hohen Vollmachten ausgestattet. Straßenräuber riskieren den sofortigen Verlust einer Hand. Auch kommt den Studiosi und Magistri durch ein neues Gesetz besonderer Schutz zu. Rainald ist der Meinung, man dürfe es den Gelehrten nicht schwerer machen, als sie es schon haben, und die Juristen stimmen ihm zu.

Der moderne Dom von Piacenza gefällt dem kunstsinnigen Rainald, aber über zwei Wochen lang hat er fast ständig in der Nähe des Kaisers und der Bologneser Rechtsgelehrten zu weilen – in der kulturlosen Ödnis Roncaglia, die Stadt in Sichtweite wie eine verbotene Leckerei, bis man sich nach den Verhandlungen zur Winterpause in Piacenza einquartiert.

Mit pedantischem Grimm ordnet und verwaltet Friedrich auch die kirchlichen Güter, was den Frieden mit Rom nicht eben fördert und Rainald mehr als eine schlaflose Nacht beschert. Kirchliche und weltliche Gesandte aus Rom treffen im Frühjahr ein. Rainald hat keine Zeit zur Muße.

Im Juni 1159 wird Rainald in Abwesenheit zum Erzbischof, zum Archepiscopus, von Köln ernannt und damit zugleich als Archicancellarius Italiens bestätigt.

Im September wird Orlando Badinelli zum Papst gewählt mit dem stolzen Namen Alexander. Friedrich erkennt ihn nicht an; Rainald unterstützt seinen Kaiser. Der Papst wird inthronisiert - aber die mächtige Sippe der Monticelli und ihre Anhänger stürmen den Vatican, reißen dem Gekrönten Tiara und Purpurmantel herunter, stoßen ihn vom Thron. Statt seiner wird Ottaviano de'Monticelli in ghibellinischem Jubel und trotz der zornigen Rufe der Guelfen zum Papst gekrönt und wenige Wochen später im kaiserlichen Kloster Farfa geweiht. Victor nennt er sich, der Sieger, der vierte Papst dieses Namens, wohl nicht nur aus demütiger Verehrung des heiligen Märtyrers. Der vierte... es gab bereits einen vierten Victor auf dem Papstthron, aber der war ein Gegenpapst und wird von diesem Victor nicht anerkannt. Schwierig nur, daß auch dieser Victor den Guelfen als Gegenpapst gilt, während die Ghibellinen Alexander als Antipapa bezeichnen.

Der Kaiser beruft im Februar des folgenden Jahres ein Konzil ein. Im Dom zu Pavia trifft man sich, allerdings ohne den Papst Alexander, ohne die fränkischen und englischen Herren, die der guelfischen Seite treu sind.

Einer der Offiziere weist den Erzbischof darauf hin, daß ein außergewöhnlich begabter Sänger im Troß sei. Fast spreche er wie ein Gelehrter, zugleich mit dem Witz der Vaganten. Ohne große Hoffnung meint Rainald, man möge ihn am folgenden Abend kommen lassen. Der Offizier findet den Dichter im Zelt eines Untergebenen; der Soldat hat Mitleid mit dem Jungen, diesem Hänfling, der nicht recht gesund aussieht, und teilt Speck und Brot mit ihm. „Morgen Abend hast du im Zelt des Archicancellarius zu erscheinen", schnarrt der Offizier, und der Sänger sieht ihn an, als habe er gesagt „Siehe, ich verkündige euch große Freude".

Vor wenigen Jahren durfte er die Feierlichkeiten zu Rainalds Amtserhebung in Hildesheim sehen, bewundert Rainalds Bildung – ach Bildung! Ein *vir doctus* sein, ein Gelehrter! - Und nun soll er singen vor dem Großen. - Aber Hunger hat er, und kalt ist ihm, und dann wieder heiß, besonders um die Augen. Er dichtet die halbe Nacht lang; am nächsten Morgen überarbeitet er das neue Werk, findet eine Melodie.

omnia tempus habent, et ego breve postulo tempus,
ut possim paucos presens tibi reddere versus,
electo sacro, presens in tegmine macro,
virgineo more non hec loquor absque rubore.

Jegliches hat seine Zeit – der Zeit erbitt ich ein wenig,
einige meiner Verse dir vortragen zu können,
dir, dem würdgen Erwählten! In meinem schäbigen Kleide
sprech ich nicht ohne Erröten gleich einem jungen Mädchen.

Lebe, gewaltiger Herr! dem die Herrschaft sich hat überlassen,
mit deinem Rat und mit starker Hand lenkst du die Gesetze.
Aller Bischöfe Blüte bist du und größter von allen!
Unversehrt lebe, du Bürge der Klugheit, größer als Nestor.

Gütiger Herr und gerechter, laß dich durch mein Flehen bewegen,
Herr voller Geisteskraft, dem alle Welt gibt die Ehre.
Großen Herren ist ziemlich, die Geringsten zu lieben!
Neige dein Herz den Armen, wie's deiner Redlichkeit ansteht.

Uns, die in Not sind, stütze nach der gewohnten Milde,
Herr aus dem Lande des Nordens, hilf uns, die auch aus dem
Norden!
Sicher hab ich im Leben nur durch dich eine Hoffnung.

Schon wird durch Frost und durch Hunger aller Schwung mir
genommen,
Winters Strenge tötet mich und die schaurige Kälte,
ständig leide ich Husten, gleich als hätt ich die Schwindsucht,
an meinem Pulse fühl ich, daß ich dem Tode nicht fern bin.

Daß wir arm sind, weisen wie der Leib auch die Füße,
und nur mit schüchternem Blicke trag ich dir vor meine Bitten,
stehe vor dir in diesem Zeuge nicht ohne Zagen:
Sei von Mißgeschick frei, und bleibe eingedenk meiner!

Rainald fühlt sich geschmeichelt – für Lobesworte ist er
nicht unempfänglich, vor allem in so schöne Verse gefaßte.
Gerührt ist er auch; der Junge hat wirklich keinen heilen
Fetzen am Leibe, ist bleich und hohläugig. Er bittet ihn
freundlich, ja herzlich, mit ihm zu speisen, läßt ihm vorher
ein gutes warmes Gewand geben. Der Dichter kniet vor ihm
nieder, küßt ihm die Hand. Rainald richtet ihn auf. In
scherzhafter Ehrerbietung nennt der Archicancellarius und
Archepiscopus den Sänger Archipoeta, Erzdichter.

Bei Tisch fragt er ihn aus über sein Leben. Über seine
Herkunft sagt der Sänger wenig, aus ritterlichem Stand ist
er, hat eine Zeit lang Theologia studiert – wie er fast
beschämt gesteht, als Rainald ihn fragt, woher er seine
guten Kenntnisse habe. Aber als der Bischof mehr darüber
wissen will, fleht der Dichter: „Herr, erspare mir, davon
weiter zu sprechen." Rainald dringt nicht weiter in ihn, läßt
ihn lieber über sein Leben als Sänger berichten.

Etwas Freches, Ungestümes hat der Junge – und doch auch eine tiefe Demut, er weiß um seine Sündhaftigkeit ebenso wie um sein Talent.

Häufig wird der Sänger in Rainalds Zelt gebeten. Die bischöfliche Tafel bekommt ihm gut, er hustet fast nicht mehr, und seine Stimme wird voller. Der Dichter wird für seine Lieder jedesmal großzügig vom Erzbischof entlohnt. Das Geld bleibt nicht gern bei ihm.

Anstrengende Zeiten sind es für Rainald. In Mailand gärt es; als er im kaiserlichen Auftrag dort war, haben die aufgebrachten Bürger ihn totschlagen wollen, ihm blieb nur unwürdige Flucht. Papst Victor spricht über Papst Alexander in Abwesenheit den Bann aus, der sieht das als Verstoß gegen den Grundsatz „Ein Papst darf nicht gerichtet werden" und exkommuniziert kurz darauf Kaiser Friedrich. In Frankreich, Spanien, Irland und Norwegen wird Alexander anerkannt.

Als Gesandter reist Rainald zu den Königen von Frankreich und England, um sie von der Rechtmäßigkeit Victors zu überzeugen. Mürrisch kehrt er von der Mission zurück; erreicht hat er nur, daß der englische König Heinrich – dieser Provinzfürst - sich nicht geradezu öffentlich für Alexander ausspricht. Seinen Groll läßt er an seinen Landsleuten aus; als kaiserlicher Bevollmächtigter maßregelt er die deutschen Welfen mit äußerster Strenge.

Im April 1160 flammt es wieder auf in Mailand. Der Kaiser läßt die Stadt belagern. Eine Art Stadt legt sich um die Stadt; mehr als eine Frau ernährt ihre Kinder auf die eine oder andere Weise durch Krieg; gegen die Langeweile helfen Gaukler und Sänger. Der Archipoeta wird auf Rainalds

Geheiß versorgt und beherbergt, nimmt das nicht immer wahr, singt für andere, solange der Erzbischof fort ist – und unternimmt einige Dinge, die er nicht vorhat, dem hohen Herrn zu verraten. Wer kann widerstehen, wenn er nicht gerade ein Heiliger ist? Der Wein der Tavernen ist nicht so edel wie der auf Rainalds Tafel, aber unverdünnt. Beim Spiel gewinnt er einmal ein Obergewand, verliert es kurz darauf wieder.

Wein und Spiel machen zugleich lustig und müde und wecken die Sehnsucht nach älteren Genüssen. Es ist nicht gut, daß der Mensch allein sei. Zwar darf es so nicht zugehen, aber wie soll er sich wehren gegen die Übermacht einer schier allmächtigen Venus?

Der Mittagsdämon sucht ihn heim in Gestalt von Wirtstöchtern und Dirnen und einmal in Gestalt einer edlen Frouwe, als er Gelegenheit bekommt, vor einem Adligen zu singen.

Er singt einige Minnelieder. Besonders gefällt ihm dergleichen nicht, aber Hausherr und Gäste sind begeistert, und die Frouwe lächelt ihm sehr liebenswürdig zu. Nach einem Becher Wein singt er ein Scherzlied, dann ein weiteres Minnelied – diesmal aber von der niederen Minne, der greifbaren. Die Frouwe unterdrückt ein Kichern, der Herr sieht einen Augenblick fast entrüstet aus, lacht dann los: „Nur weiter so, Sänger!"

Er singt weiter, Lateinisch nun, was der Hausherr einigermaßen versteht, einige Gäste auch, und die anderen haben ihre Freude an den mitreißenden Melodien. Die Frouwe lächelt.

Die Gefahr peitscht seine Sinne auf, als die Frouwe in das kleine Gemach kommt, das ihm für die Nacht überlassen wurde. Sie öffnet die Tür in dem Augenblick, als er sich das Hemd über den Kopf ziehen will.

„Verzeih, edle Frouwe."

„Lass dich nicht stören, Sänger."

Sie lächelt herausfordernd.

„Iuvenis iuvenculam in balneo spectavit"[1], zitiert sie spöttisch ein vorhin gehörtes Lied.

„Du sprichst Latein, edle Frouwe?"

„Ein wenig. Meine Patin ist Priorin, sie hat mir etwas beigebracht."

„Gewiß nicht dies Lied."

„Gewiß nicht. Ich werde ihr auch nicht sagen, daß ich es kenne. - Du wolltest das Hemd ablegen, Sänger."

Die Frouwe hat weiche, narbenlose, duftende Haut und sanfte Finger, und der Dichter weiß bald noch weit mehr über ihren Leib.

Vor Tag kleidet sie sich an. Ihr Gatte wird ja irgendwann aufwachen.

In der Morgenfrühe nimmt der Dichter seinen Abschied – man soll nicht versuchen, Fortuna zur Güte zu überreden, und der Herr des Hauses hat auch Augen und Ohren. Einen Anflug schlechten Gewissens hat der Dichter, als er durch

---

1 Ein Jüngling betrachtete ein Mädchen im Bad.

die kühlen Straßen schreitet, noch beschwingt von den *Aventiuren* der vergangenen Nacht. Abends trinkt er gegen die Gewissensbisse an, schreibt über die süße Schönheit der Weiber, die stärker ist als jedes Gebot.

Rainald hält derweil in Erfurt einen Fürstentag ab, fordert Hilfstruppen nach Italien, spricht über die Stadt Mainz die Acht aus wegen des Mordes an seinem Amtsbruder Arnold. Härter wird sein Gesicht; er hat kaum Gelegenheit, an anderes als die politischen Wirren und seine Aufgaben darin zu denken. Nur im reichlichen Almosengeben wird ihm etwas wohler; mit vollen Händen teilt er aus und denkt dabei an diesen Jungen, seinen Sänger, dem Unbestand und Gefährdung im Gesicht stehen. Gott sei ihm gnädig.

Im Winter bezieht der Dichter die kleine Gaststube eines Wirtshauses, und die Tochter des Wirtes ist gern bereit, gelegentlich seinen Strohsack zu wärmen.

Kurz vor Weihnachten sagt sie ihm insgeheim, es sei ihr seltsam, und gehe ihr nicht mehr nach Art der Weiber. Der Dichter erschrickt, und zugleich schießt ihm durch den Kopf, er möchte ein ganz braves Leben beginnen und für Weib und Kind sorgen... Sie schüttelt spöttisch den Kopf. Versprochen ist sie längst einem andern, der auch eine Wirtschaft erben wird. Die Hochzeit soll bald sein, und er wird gegen ein wider Erwarten gesundes Siebenmonatskind nichts haben. Nur ist damit das Wärmen des Strohlagers vorbei.

Das Christfest über steht der Dichter ganz hinten in der Kirche, wagt nicht, den Leib des Herrn zu empfangen. Aber die Kirche ist eine Sache und die Welt eine andere; Scham und Reue hindern ihn nicht, die Schönheit der Mädchen

wahrzunehmen (und Schönheit gibt es viel in diesem Land).
Er schreibt und singt, trinkt und schreibt; seine halb
schwermütigen, halb lustvollen Lieder kommen bei den
Mädchen und Frauen gut an, und nicht nur die Lieder. Keine
Ruhe vor dem *pluralis genitivus*, nicht im Winter, nicht in der
Fastenzeit und auch nicht in den heiligen Ostertagen.

Im Mai 1161 stößt Rainald mit fünfhundert Rittern wieder
zum kaiserlichen Heer vor Mailand. Mit Jubel wird die
Truppe begrüßt, so kann diese öde Aufgabe – seit Wochen
wird Mailand wieder streng belagert - nicht mehr lange
währen. Auch ist Rainald froh, seinen Kaiser kurz darauf
wohlbehalten wiederzusehen in Lodi, der mit Mailand
verfeindeten Stadt – froh, dort ein festes, dauerhaftes Haus
zu beziehen – und froher noch, als am folgenden Abend sein
Archipoeta vor ihn tritt. Er steht auf, will ihn in die Arme
schließen, da kniet der Sänger vor ihm nieder, küßt den
Saum seines Gewandes, bricht in Tränen aus. Rainald
streicht ihm etwas verlegen über Kopf und Schultern: „Was
ist dir, mein Archipoeta?" Der stammelt: „*Confiteor...*" - und
ohne weitere zeremonielle Einleitung, mitunter von
Weinkrämpfen durchzuckt, berichtet er, was er während des
Erzbischofs Abwesenheit getan hat.

Herumgetrieben hat er sich in billigen Tavernen, hat
gespielt und andere zum Spiel verführt. Nun ja, nicht nur
zum Spiel. Venus sei überall, besonders zwar in Pavia, wie
jeder wisse, aber auch in Lodi und vor Mailands Toren, und
er sei ihr allzu leicht erlegen. Und wo Venus gerade nicht
herrsche, regiere Bacchus, dem auch nicht leicht
widerstehen sei. Wie ein Narr habe er sich benommen, und
zugleich könne er gar nicht so bereuen, wie es gut wäre.

Rainald zürnt und lächelt zugleich. „Schwer hast du gesündigt, mein Sohn, und schwer liegts dir auf der Seele." Irgendetwas muß er dem Beichtkind nun aufgeben als Buße, zornig ist er auch, kaum kehrt er den Rücken, tut sein Dichter solche Dinge wie – nun, wie alle Vagantendichter. „In der folgenden Woche wirst du jeden Morgen die Laudes beten." Der Sänger nickt. „Und du wirst dich fernhalten von Tavernen, vom Spiel und von den Weibern, das aber nicht nur in der folgenden Woche." Rainald kann dabei ein kleines Lächeln nicht unterdrücken, das sich im verweinten Gesicht des Dichters widerspiegelt. „*Dominus noster Iesus Christus te absolvat...*" spricht der Priester feierlich, zeichnet das Kreuz über seinem Schützling. Der küßt noch einmal den Saum an Rainalds Gewand und geht, beschwingter als er gekommen ist, hinaus.

Rainald gibt dem Dichter wenig Zeit, rückfällig zu werden. Nicht nur Lieder will er von ihm hören, auch das gebildete Gespräch – und nicht über Politik! - braucht der Kirchenmann wie das tägliche Brot. Der Archipoeta kennt die heidnischen Dichter, vor allem Virgil und Ovid, kennt die christliche Auslegung beider und rezitiert ihre Werke in einem eigentümlich schönen Singsang, ganz anders als seine modernen Melodien. Einmal spricht Rainald ihn als *poeta doctus*, gelehrten Dichter, an: ein Ehrenname von Alters her. Da wird er rot, der Archipoeta, senkt den Blick: Ach nein, *doctus* sei er wahrlich nicht, nur so zusammengerafftes Wissen mache noch keinen Gelehrten. Ob er's denn werden wolle, fragt Rainald halb im Scherz, da vertraut ihm der Archipoeta an, ein Medicus wäre er gern, das seien die wahren Gelehrten, die wissen, wie der Mensch beschaffen ist. Rainald fallen gleich mehrere Einwände ein, wirklich wissen kann das nur Gott der Herr, und die Medici tun oft weiser, als sie sind – aber andererseits ist die berühmteste medizinische Fakultät dieser Zeit in Salerno, also durchaus erreichbar. Und Rainald hat seinen Dichter liebgewonnen. Nach Salerno soll er gehen, der väterlich Geliebte, um sein Wissen zu mehren. Man muß auch an die Zukunft denken: die Stimme wird vielleicht einmal nachlassen, und Medici werden immer gebraucht.

Außer sich vor Freude ist der Archipoeta, wirft sich Rainald zu Füßen, weint und lacht in einem Atemzug:

„Du willst mir zum Studium helfen? Mir, dem Geringen, dem Habenichts?"

Rainald nickt, lächelt.

„Aber komm mir wieder, ich will dich in meinem Dienst behalten!"

Studiosus ist der Erzdichter nun; die seltenen Nachrichten, die ein Bote bringt – einen Monat dauert die Reise eines Briefes, mit viel Glück –, sind voll Freude und Dankbarkeit.

Salerno wimmelt von studentischem Leben, an jeder Straßenecke wird entweder über Studium und Universität oder über Barbarossa und die Päpste diskutiert, neben dem üblichen Geschwirr und Gewirr einer großen Stadt. Der Dichter schreibt sich in der medizinischen Fakultät ein und nimmt Quartier.

Er lernt viel über das Wesen von Krankheiten, auch über ihre Gründe. Nach Ansicht der meisten Gelehrten sind Dämonen nicht die häufigste Ursache für Siechtum. Manche meinen, Dämonen sind überhaupt nicht fähig, Krankheit zu bringen, sondern finden nur durch die Krankheit wie durch ein Tor leichter Eingang in den Menschen.

Die Doctores sind zufrieden mit diesem fleißigen und klugen Studiosus. Der Dichter saugt Wissen auf, verbraucht viel Lampenöl, um noch spät das am Tag Gelernte aus dem Gedächtnis aufzuschreiben. Er lernt die Anzeichen von Krankheiten zu deuten, lernt, welche Sternbilder Bezug haben zu welchen Organen und wie man diese Verbindungen nutzt.

Bei seinen Kommilitonen ist der Dichter beliebt; lustig ist er, trinkfest und neben dem Studium durchaus zu Dingen aufgelegt, die er Rainald nicht mitteilt.

Wissen kann Krankheiten zwar erkennen, aber nur selten von vornherein verhindern. Die Augen sind wieder einmal gerötet, und sein Atem wird kürzer.

Übermaß ist immer krankheitsfördernd, auch Übermaß an Wasser, das bei geschwächten Menschen faulige Säfte um die Lunge entstehen läßt. Bier, wie es auf jedem Herd gebraut wird, ist als alltägliches Getränk eindeutig zu bevorzugen, und zur Stärkung Wein. Trotzdem wird der Husten schlimmer und der Kopf heißer.

Einer der Doctores spricht ihn nach einer Vorlesung an, bietet ihm an, ihn zu untersuchen. In den nächsten Wochen wird er immer wieder von verschiedenen Doctores untersucht, sie diskutieren seine seltsame Krankheit und versuchen verschiedene Heilmethoden, aber er wird nur schwächer. Essen will er nicht, der stärkende Wein widersteht ihm, der Kopf ist abwechselnd hochrot und aschfahl, und die Hustenanfälle werden häufiger und länger. Lernen kann er so nicht, dichten und singen auch nicht.

Ein Medicus versucht weiter, ihn zu kurieren, vielleicht mehr aus Wißbegier denn aus Menschenliebe. Aber nichts fruchtet, der Dichter wird immer schwächer und hustet rasselnd.

Nun stehen drei der gelehrten Herren an seinem Bett und sehen die hochroten Flecken auf den grauen Wangen. Der erfahrenste der drei schüttelt leise den Kopf, hebt die Schultern an, läßt sie wieder fallen.

Der jüngste Kollege hat eine noch recht neue Tinktur bei sich, deren Wirkungsweise er gerade erforscht. Viel Erfahrung hat er noch nicht damit, aber schaden kann der Versuch jedenfalls nicht.

Im Spätherbst erreicht den Bischof ein Brief in einer fremden Handschrift. Sein Schützling liege mit schwerem Fieber, die Ärzte seien um ihn bemüht, aber es sehe schlecht aus. Er spreche im Delirium seinen, Rainalds, Namen – immer und immer wieder.

Rainald, der Beherrschte, Gebildete, der Machtvolle, bricht in Tränen aus. Tagelang fastet er und fleht zu Gott um die Rettung des Iuvenis, seines Adoptivus. Er schickt dem Kranken einen Brief, hofft inständig, er möge ihn erreichen. Hört nichts mehr von ihm, hofft, bangt, fleht.

Ein Vierteljahr vergeht. Die Lebensmittel in der belagerten Stadt werden knapp. Rainald wünscht im Grunde seines Herzens, Mailand möge sich endlich unterwerfen, daß der Kaiser zu seinem Recht kommt (wie er als Stratege fordert), daß die Bürger von Mailand wieder essen können (wie er als Christ hofft, nicht zuletzt weil die Sorge um seinen Poeta ihn weich stimmt).

In der letzten Märzwoche des Jahres 1162 geben die Mailänder auf. Den Fahnenwagen, Symbol der Stadt, bringen sie nach Lodi. Im Triumph reitet Friedrich anderntags durch das Mailänder Stadttor, gefolgt von Rainald. Mit bitteren Mündern nahen sich ihm die mageren Honoratioren. Niemand jubelt dem Kaiser zu. Der läßt die heruntergekommenen Welfen einen Vertrag unterschreiben, der Mailand ganz in seine Hand gibt. Die Stadt müssen sie verlassen, als Bauern in den schon verwüsteten umliegenden Dörfern leben. Auf diesen Befehl hin fallen mehrere der würdigen Herren Mailands vor Friedrich auf die Knie, flehen um Schonung – büßen wollen sie, härteste Strafen auf sich nehmen, nur möge er die Bürger nicht vertreiben. Selbst dem gestrengen Rainald schießen Tränen in die Augen, er versucht, den Kaiser umzustimmen: „Vertreibt sie nicht ganz. Seid barmherzig; die Strafe ist ohnedem hoch genug." Friedrich steht mit versteinerter Miene und rührt sich nicht. Die Bürger von Mailand haben noch Zeit, das Nötigste zusammenzuraffen. Abends ist kein Guelfe mehr in der Stadt.

Der Kaiser gibt den Soldaten ein Zeichen. Johlend fallen sie über die Stadt her; was nicht niet- und nagelfest ist, wird mitgenommen. Essbares ist nicht dabei; die Verpflegung im Heer ist gut, und Mailand hat in dieser Hinsicht nichts zu bieten. Aber Kleider, Schmuck, kleinerer Hausrat wird sofort mitgenommen, Truhen und Keller werden durchwühlt.

Die Plünderung dauert die ganze Nacht. In den nächsten Tagen läßt Friedrich die Stadt schleifen.

Verhandlungen, Pläne, Strategien. In Burgund versucht Rainald, den fränkischen König umzustimmen. Zwar erkennt der Viktor formell an, aber er steht weiterhin zu Alexander. Rainald erlebt zum ersten Male, daß sein Verhandlungsgeschick rein gar nichts nützt.

Zurück in Italien, überkommen ihn wieder die nagenden Sorgen um den Dichter. Die Astern blühen, die ersten Vogelzüge fliegen nach Süden. Rainald hat gerade sein Morgengebet vollbracht und hinzugefügt:

„Wenn mein Poeta lebt, so schenk ihm Gesundheit; ist er tot, nimm ihn auf in Dein Reich."

Plötzlich hört er überraschte Stimmen, ein schüchternes salvete omnes, Schritte vor der Tür. Er bekreuzigt sich, steht auf – da tritt der Archipoeta ein, magerer noch als bei seiner ersten Ankunft, mit schwarzen Ringen unter den Augen – und lächelnd, aber zugleich betrübt. Rainald mißachtet alle Etikette, eilt auf die Jammergestalt zu und schließt sie in die Arme.

Auf dem Weg hat der kaum Genesene ein Lied verfaßt.

en habeo versus te precipiente reversus.
sit tibi frons leta versus recitante poeta.

laudibus eternum nullus negat esse Salernum;
illuc pro morbis totus circumfluit orbis,
nec debet sperni, fateor, doctrina Salerni,
quamvis exosa michi sit gens illa dolosa.

Eilends komme ich zu dir – Verse habe ich bei mir.
Heiter sei dein Angesicht, wenn der Dichter Verse spricht!

Ewig gilt, wie jeder weiß, für Salerno Lob und Preis,
dort strömt alle Welt zuhauf und erforscht des Siechtums Lauf,
und Salernos Lehre schmähen darf man nicht - wills gern gestehen,
ob ich schon den ränkevollen Leuten dort nur Haß kann zollen.

Was ich dort erleiden musste, niemand zu beschreiben wußte.
War vom Fieber schon gequält und von großem Schmerz gepfählt,
wurde krank und glaubte eben, nicht mehr lange noch zu leben,
und die Ärzte sagten mir, die die Zeichen sahn an mir:
Dichter, dies ist dein Verderben, wirst nicht leben, sondern sterben.

Endlich ließ die Medizin dieses Fieber doch entfliehn.
Dir bezeuge, wie ich darbe, meiner beiden Wangen Farbe,
denn noch steht mir, irr ich nicht, eine Blässe im Gesicht.

Wo gelehrt ich werden wollte und als Arzt dann gelten sollte,
bin ich nun ein Tor geblieben, bin zum Betteln noch getrieben,
bin nun in der Bettler Heer, Medicus werd ich nicht mehr,
schlechte Lumpen trag ich, und schein ein schlechter Vagabund.
Nicht das Spiel liess mich so nackt, und kein Dieb hat mich gepackt,
nein, für meine Nahrung bloss wurd ich die Gewänder los,
tauscht für Brot die Kleider ein – Götter sind die Zeugen mein.

Wieder kehrt ich, und aus allen Volkes Munde ich erfuhr,
daß dein Eigen du verteilest aus barmherzger Liebe nur.
und ein Ruch von deiner großen Güte weht durch alle Welt,
Kaisers Helfer, würdig, dass man dich in höchsten Ehren hält.

Zu dir kommen alle Armen, der Bedürftige dich preist,
darum, dass du bist ein froher Geber und ein heitrer Geist.
Allen Elenden ein Vater bist du, jedem gilt dein Lieben,
und nicht eine Tugend gibt es, der du etwa fremd geblieben.

Jeder tadelt zwar beständig allgemeine Bischofsgier,
dich allein erheben alle überall mit Lobes Zier.
Und obwohl jenseits der Alpen du gerühmt wirst so wie hier,
steht die Tat dir überm Ruhme, steht der Ruhm nicht über dir.

Hoher Herr, Minerva ist deine Schwester und Vertraute,
alles lenkst du wohl durch sie, wenn auch Volk dir Listen braute.
Was du Armen gibst, wird dir einst im Himmel zugemessen,
doch gib nicht den andern nur, sei auch meiner nicht vergessen!

Frommer Herr, der nie verschnürt seinen Beutel vor dem Armen,
da du stets barmherzig bist, zeige du auch mir Erbarmen!
Als dein Dichter schreib ich dann Lieder, Hymnen immerfort,
und „ich geb, du gibst" sei mein lobenswertes letztes Wort.

Kunstsinn und Rührung Rainalds spricht das Lied
gleichermaßen an. Er bewundert den Archipoeta, der in
seinem elenden Zustand noch so kunstvoll dichten kann.
Auch der Vortrag gefällt; seine Stimme ist zwar wieder
einmal heiser, aber die Melodie ist überaus gelungen, und er
trägt mit großem Ausdruck und nicht ohne Talent zur
Komik vor. Der unverblümten Bitte kommt Rainald gerne
und großzügig nach. Auch läßt er seinen Leibmedicus
kommen, der meint, es habe Gott schon mehr an diesem
Menschen getan als irgendein Arzt vermöchte, aber er rate
zur Stärkung durch gutes Essen und roten Wein.

Sommer und Herbst vergehen für Rainald mit ihn
anödenden Verhandlungen über die Reichsordnung. Der

Dichter ist sein Trost; er erholt sich gut und ist ein unschätzbarer Gesprächspartner. Virgils vierte Ekloge, den Gesang vom göttlichen Kind, muß der Sänger ihm wieder und wieder vortragen, und wochenlang bedenken sie im Gespräch jedes Wort des Gesanges. Der Dichter setzt Virgil den Propheten gleich und bettelt fast, der Geistliche möchte den Heiden durch seine Gebete ins Paradies versetzen. Der lächelt über das kindliche Ansinnen, meint, der Herr allein könne begnaden, und nicht ausgeschlossen sei es.

Zugleich aber ist der Dichter auch Rainalds Sorge. Eine unstete Seele hat er, weiß zwar wohl um das Gute und hat einen scharfen Verstand und ein mitleidiges Herz – aber er neigt zum Unmaß, läßt sich allzu leicht bereden von den Söldnern, verspielt des öfteren seine Habe, und Rainald fürchtet, auch um die Keuschheit des Iuvenis mag es nicht sonderlich bestellt sein. Zu alledem ist seine Gesundheit immer noch angegriffen.

Sommer und Herbst verfliegen. Am Abend des Festes Allerheiligen bittet der Dichter demütig um Einlaß in das Zelt des Geistlichen. Verneigt sich, trägt ein ausführliches und kunstvolles Preislied auf seinen Gönner vor. In allen Künsten gebildet sei dieser, zudem klug wie die Schlangen und ohne Falsch wie die Tauben, wie der Herr im Evangelium fordert. Der Dichter aber, der Sänger, sei – allen Heiligen sei's geklagt – so arm, daß er barfuß vor seinem gütigen Herrn stehe, und auch einen Mantel und ein schönes Gewand möchte er wohl beanspruchen für seine Kunst.

archicancellarie,
viris maior ceteris,
splendore prudencie,
qua prudentes preteris,
iubar es ecclesie,
sicut sol est etheris.

Hoher Kanzler, größer bist du als andre Männer,
wie die Sonne Himmelslicht, bist du Licht der Kirche
durch der Klugheit Glanz, mit der Klugen du vorangehst.

Singen wollen wir dein Lob, da vom hellen Glanze
deines Lichtes wird erhellt Kaiser Friedrichs Sinnen,
und wir tun es gerne, da du ein heitrer Geber.

Hoch durch Adel der Geburt und durch edle Sitten,
nennt in Menschenkünsten und Gotteswissenschaften
keiner jemals dich gering, Größter aller Reinen.

Starker du und weiser Mann, du folgst nicht dem Glücke,
bist im Unglück voll Geduld, demutsvoll im Reichtum,
alles machst du gut und gehst auf dem rechten Wege.

Übertriffst, gleich Cicero, des Odysseus Rede,
arglos wie die Taube, wirst keinen du betrügen,
klüger als die Schlange, wirst du getäuscht von keinem.

Mehr als Alexander, machst du den Feind zunichte,
sanfter noch als David, wirst du geliebt von allen,
auf gerechtes Bitten gibst edler du als Martin.

Was du immer rätst, geschieht in des Reichs Geschäften,
ohne deinen Rat läßt du durchaus nichts beginnen.
Kraft verleih der Römerfürst solcherlei Gefährten!

Heute noch bestünden ja Mailands Festungsmauern,
und der Kaiser wär im Krieg siegreich nicht vorm Feinde,
gäbe Gottes Gnade nicht dich ihm zum Gefährten.

Kölns Erwählter, glänzenden Lobes bist du würdig,
ich in meiner großen Not lobe nackten Fußes -
das beklage heute ich vor den Heilgen allen.

Allerheiligen wird heut feierlich begangen,
jeder Feiernde legt an vornehme Gewänder -
nur der Sänger steht entblößt vor dem Hohen Kanzler.

Da der Dichter nicht allein Rhythmenmaß ersonnen,
sondern, da er gänzlich arm, auch die Weise setzte,
hat ein Kleid er wohl verdient und auch einen Mantel.

Rainald lächelt; ein Gewand und Schuhe lassen sich finden,
und einen Mantel soll er bald bekommen, mit Rauhwerk, es
wird ja kalt. Aber er gibt dem Iuvenis nicht mehr viel Geld;
es scheint ihm vernünftiger, diesen so Unbeständigen um
seines Seelenheiles willen etwas kurz zu halten.

Wider Erwarten erholt sich der Poeta – nicht zuletzt wegen
der immer noch ungewöhnlich guten Küche des Bischofs,
und auch dem gern genossenen roten Wein werden Heil-
kräfte zugesprochen. Im Sommer ist er vollständig genesen
und nimmt gelegentlich Urlaub von seinem Mäzen, um eine
Weile zu wandern und vor anderen zu singen. Die Kirche
durchlebt unruhige Zeiten; Papst Alexander verhängt nun

seinerseits den Kirchenbann über Victor und auch über Rainald von Dassel – das wiederum ist für Rainald nicht von großem Interesse, solange der aus seiner Sicht rechtmäßige Papst auf dem Stuhle Petri sitzt.

Die Unruhe der Welt macht viele Treffen der Geistlichkeit notwendig, und die frommen und gelehrten Männer wissen ein gutes Lied zwischen den angestrengten Gesprächen zu schätzen.

Der Archipoeta hat eine lange Verspredigt verfaßt, in der er die Hochwürdigen mahnt, der christlichen Freigebigkeit nicht zu vergessen. Denn der gerechte Richter der Welt wird einst die Guten belohnen und die Bösen bestrafen. Nicht gleich den törichten Jungfrauen sollen die Ehrwürdigen sich des ewigen Lohnes selbst berauben, sondern großzügig die Rechte nicht wissen lassen, was die Linke tut. Er, der Sänger, wolle ihnen frei heraus sagen, wie bitter arm er sei! Gott vergelte ihnen alles Gute reichlich, und gut sei es, Geld zusammenzuschießen für ihn, daß er es in guten Wein umsetze, ohne den der Künstler wie die Kunst kraftlos bleibe.

lingua balbus, hebes ingenio
viris doctis sermonem facio.
sed quod loquor, qui loqui nescio,
necessitas est, non presumpcio.

Stammelnden Mundes und schwachen Geistes
predige ich vor gelehrten Männern.
Doch daß ich spreche – kann doch nicht sprechen –,
notwendig ist es, ist nicht verwegen.

Keiner von euch wird es wohl bezweifeln,
was einem Guten ist angemessen:
daß den Geringen der Große stütze,
Sieche und Dumme, wer heil und klug ist.

Daß ich nicht Klage, nicht Haß verdiene,
wenn untern Scheffel mein Licht ich stelle,
heißt mich die fromme Gesinnung sagen,
was ich vom Wesen des Menschen denke.

Predigen will ich in aller Kürze,
nicht lang erzählen und euch ermüden,
nicht daß der Lektor gelangweilt schlafe,
oder inmitten *tu autem*[2] spreche.

Gott rief zu sich den gefallnen Menschen,
ewige Seligkeit ihm zu geben,
Er hat Sein Wort uns gesandt, sein Abbild,
durch eine Mutter und reine Jungfrau.

Gottheit vereinte sich mit dem Menschen,
und mit dem Diener die Herrenwürde,
Leben mit Tod und mit Licht das Dunkel,
Seligkeit einte sich mit dem Elend.

Dies kam durch Macht, wie wir wissen, eher
denn durch das Wirken geschaffner Kräfte.
Geistliches Forschen darf wohl erfahren,
zu welchem Ziel, nicht auf welche Weise.

---

2 Mit den Worten *tu autem* konnte ein Lektor eine ausufernde Predigt
   unterbrechen (eine Möglichkeit, die der heutigen Kirche fehlt).

Wunderbar war Seine Kunst, Sein Ratschluß,
da nach dem Lamm sucht der gute Hirte.
Da wir nun schweifen in der Verbannung,
hat Er zu uns durch den Sohn gesprochen.

Heiligen Ratschluß aus Seinem Geiste
hat Er der Welt durch den Sohn enthüllet.
Heiden erkennen die wahre Gottheit,
da sie den Götzenkult nun verworfen.

Die von den Fabeln der Dichter Irren
lehrte Er Regel und Weg der Wahrheit,
durch viele Zeichen und Wundertaten
gab er den Ungläubgen wahren Glauben.

Menschliches Traumgespinst muß verstummen,
nichts ist versteckt, schon liegt alles offen;
und das verborgne Geschick enthüllten
Weise nicht, sondern die Weisheit selber.

Falsche Verwegenheit schweige stille,
wo zu uns spricht offenbare Wahrheit!
Menschliche Falschheit darf nicht bemängeln,
was vor der göttlichen Macht Bestand hat.

Bald schon wird dieser Welt Bahn vergehen,
schmal ist der Pfad, der zum Leben führet.
Der aber prüft uns auf Herz und Nieren,
wird die Verdienste der Menschen wägen.

Der unsre Herzen erforscht, gerechter
Richter, wird uns vor den Richtstuhl ziehen,
und wird mit rechtem Maß wiedergeben
Gutes den Guten, den Bösen andres.

Elend gelebt wird in diesem Leben,
Eitelkeit alles, was wahrgenommen.
Gestern Geborner wird heute sterben,
alles was aufwächst, hat auch ein Ende.

Der aber Lebenszeit hat gegeben,
fortführen kann Er das kurze Leben;
Er kann das Leben aus Tod erschaffen,
da er die Toten läßt auferstehen.

Er hat zum Himmelreich uns berufen,
dorthin, wo niemand mehr Armut leidet,
wo es nur Wonne gibt, wahre Freude,
Gott ist dort alles, Er ist es allen.

Laßt uns durch Tugend das Laster strafen,
da seine Qualen kein Ende nehmen.
Schaudern solln wir vor dem Höllenfeuer,
vor dem Gestank, dem Geheul und Knirschen.

Gott aber weiß, wie wir Menschen schwach sind,
weiß auch, wie bitter der Hölle Schmerzen.
Er ruft die Armen mit milder Stimme,
Er hebt das Schaf auf die eignen Schultern.

Ja, Sein Erbarmen ist unermeßlich!
Er, der unsterblich ist, der Allmächtge,
der Seinen schwachen Geschöpfen gnädig,
Leidender ist Er für uns geworden.

Er hat ins Antlitz sich schlagen lassen,
Hohn nahm und Spott Er und Prügel auf sich,
ließ sich bespeien, mit Dornen krönen,
endlich verurteiln zum bittern Kreuze.

Da nun der Schöpfer am Kreuz gelitten,
eisern ist wohl, wer nicht mit Ihm leidet;
da den Erlöser ein Speer durchbohrte,
steinern ist wohl, wer nicht mit durchbohrt wird.

Mitten durchbohrt seien unsre Herzen,
Tränen besänftgen den Zorn des Gottes.
Bald schon wird kommen der Tag des Zornes,
schon allzu nahe der Jüngste Tag ist.

Sieh, es kommt wieder der strenge Schiedsmann,
der so erbarmenswert hat gelitten.
Ja, Er kommt wieder, doch nun mit Drohen:
Nicht kann Er anders, Er ist gezwungen.

Heftig erregt sich die ganze Welt nun,
sie wird den Schöpfer mit Härte rächen
und wird die Schuldigen ewig foltern,
wird zwar gerecht sein, zugleich doch grausam.

Ihr aber – Jünger seid ihr des Richters,
seid in der Heiligen Schrift bewandert,
ihr seid die Leuchten des Christenvolkes,
dieser Welt Streben ist euch verächtlich.

Nicht wie die törichten Jungfraun seid ihr,
niemals sind leer gebrannt eure Lampen,
reichlich gefüllt bleiben eure Krüge
stets mit dem Öle der Nächstenliebe.

Ihr, die ihr weidet des Herren Herde,
göttlichen Weizen verteilt ihr jedem,
reichlich dem einen, dem andern mäßig,
ihr kennt von jedem das Maß des Hungers.

Als eine Zierde der Kirche, werdet,
wenn einst vor allen wird stehn der Richter,
um zu bestrafen die Übeltaten,
ihr dereinst sitzen auf Richterthronen.

Aber in dieser Welt Irrsal keiner
ist von Befleckung noch rein geblieben;
was ihr auch nur im Herzen sagtet,
müßt ihr bereuen auf eurem Lager.

Seid nur beharrlich in frommen Werken,
und euern Reichtum verwendet edel!
Gott gibt, wer denen gibt, die bedürftig,
Gott ist im Armen selbst gegenwärtig.

Wie aus der Heiligen Schrift bewiesen,
ist dem Gerechten der Reichtum Bürde;
Almosen geben ist höchste Tugend,
Fürstin der Tugenden muß mans nennen.

Dieses empfehle ich euch vor anderm:
Herbergt den Armen in euren Herzen!
Glaube mir: wenn du auch schuldig wurdest,
immer kannst hierdurch du Gott besänftgen.

Dieses empfehle ich euch vor allem,
das ist der Weg in das ewge Leben,
den der Erlöser uns wies als rechten -
„Jedem, der bittet", sprach Er, „gewähre!"

Ohne mein Lehren zwar wißt ihr dieses,
doch nach dem Wissen, so mahn ich, handelt!
Endlich muß ich für mich selbst auch sprechen:
Nicht bin ich Knabe mehr, bin erwachsen.

Vor euch enthülle ich nun mein Leben,
nicht will ich schweigen von meiner Armut:
Arm bin ich sehr und bin sehr bedürftig,
Hungers muß sterben ich, muß verdursten.

Ich bin kein Schurke, betrüge keinen,
quäle mich nur mit dem einen Laster:
Nehm ich doch immer Geschenke gerne,
gönne mir selbst mehr als meinem Bruder.

Zwar diesen Pelzrock, den ich hier trage,
könnt ich für einen Denar verkaufen,
dies aber wäre mir Schmach und Schande -
viel lieber will ich den Hunger leiden.

Edelster aller wohledlen Männer,
schenkte der Erzbischof mir diesen Mantel,
ihm wird im Himmel ein größrer Lohn sein
denn dem Sankt Martin – der gab die Hälfte.

Nun tut es Not, daß durch euren Reichtum
Sängers Bedürftigkeit wird behoben.
Edle Geschenke der Edle gebe,
Gold und auch Kleider und was dergleichen.

Hiervon soll auch der Arme nicht frei sein:
Nur einen Heller geb er zum Opfer!
So wie die Witwe als Opfer brachte,
was ihr der göttliche Rat empfohlen.

Männer, des ewigen Ruhmes würdig,
bittend umschlinge ich eure Knie;
daß ich nicht scheide mit leeren Händen,
legt doch zusammen für mich ihr alle!

Da euch mein Sinnen und Trachten offen,
spür ich, wie auf euch die Predigt lastet;
also beende ich meine Predigt,
kurzes Gebet soll sie nun beschließen.

Gott unser Schöpfer gewähr den Krug euch
voll mit dem Öle der Nächstenliebe,
Wein unsrer Hoffnung und Korn des Glaubens,
und nach dem Tode den Weg zum Leben.

Uns aber, die diese Welt genießen,
oftmals auch trinken die guten Weine,
uns, die wir ohne den Wein ganz kraftlos,
gebe Er Geld für den großen Aufwand.
Amen.

Die Ehrwürdigen lachen seit Tagen zum ersten Mal wieder
von Herzen; es kommt genug Geld zusammen, um noch
einige Leute einzuladen, und nicht auf den sauersten Wein.
Einem verarmten Landgeistlichen steckt der Dichter immer
wieder Geld zu aus seinem zur Zeit wohlgefüllten Beutel.

Der Kaiser ist derweil in Schlesien, wo es Streit um die
Teilung des Reiches gibt. Unterstützt von seinem drohenden
Heer spricht er ein Machtwort. Im Spätherbst kehrt er nach
Oberitalien zurück, und auch der Dichter ist wieder bei
seinem Mäzen. Rainald trägt ihm auf, ein Epos auf den
Kaiser zu verfassen. Der Archipoeta ist hin- und hergerissen
zwischen Verehrung des Kaisers und noch lebendigem
Entsetzen über die Verwüstung Mailands; gesehen hat er die
Trümmer der verödeten Stadt und nicht glauben wollen,
was er sah. Selbstverständlich soll sich die Welt dem Kaiser
unterwerfen, und Mailand hat hochmütig und töricht
gehandelt - aber so hart hätte die Strafe nicht sein müssen.

Die Augen brennen wieder einmal, und dann soll es auch
noch schnell gehen - er sucht nach Worten, verwirft Verse,

und findet plötzlich ein ganz anderes Lied als das
geforderte, eine Absage.

archicancellarie, vir discrete mentis,
cuius cor non agitur levitatis ventis
aut morem transgreditur viri sapientis,
non est in me forsitan id, quod de me sentis.

Hoher Kanzler, edler Mann und verschwiegener,
dessen Herz die Winde nicht wankelmütig treiben,
der auch niemals übergeht weisen Mannes Sitte -
leider ist in mir nicht das, was du von mir glaubest.

Höre, Herr, mein Bitten an, flehend komm ich zu dir;
Klagen und auch Seufzer des Weinenden erhöre,
der nicht fürder tragen kann auferlegte Bürde,
was mit vielen Gründen ich dir nun will beweisen.

Ewig bin dein eigen ich als dein Knecht und Dichter,
fliege, wenn du es begehrst, auch durch Meeres Brandung,
was auch immer du befiehlst, schreib ich heitern Sinnes -
doch beengt mich knapper Frist allzu enge Grenze.[3]

Du begehrst, daß ich im Kreis einer kleinen Woche
Herrliches und Kräftiges schreibe, kurz und bündig,
was doch in fünf Jahren kaum Lukan hat geschrieben,
noch Maro aus Mantua, größter aller Sänger.

---

3 Hier folgt eine Strophe, die möglicherweise nicht vom Archipoeta
stammt:
   Du verlangst, in weniger Tage engstem Raume
   soll ich eine Reihe von hohen Dingen schildern,
   die Virgil doch wahrlich nicht noch Homer beschreiben
   konnte in fünf Jahren - was wahr ist sonder Zweifel.

Aller Männer bester du, schone deinen Sänger,
der sich völlig unterwirft deinem Wunsch und Willen;
da so große Bürde ich nicht zu tragen wage,
bitt ich, dieses schwierigen Auftrags Ernst zu mildern.

Weißt du doch, daß nicht sein weg wohnt dem Menschen
inne;
von Elias floh auch einst die Prophetengabe,
den Elisa hat gar oft Prophetie verlassen,
und auch meine Dichtung will mir nicht immer folgen.

Früher einmal machte ich tausend Verse schnelle,
keinem kundgen Dichter wär damals ich gewichen,
doch seit einer kurzen Zeit ist mein Hirn ermüdet;
untreu bin ich dem Gesang, und mich meiden Verse.

Einmal ausgesandtes Wort kann zurück nicht kehren;
ihre Schriften bessern auch die gewandten Redner.
Verse wolln verbessert sein, immer neu gewendet,
daß des Toren Trägheit nicht Spott ihn ernten lasse.

Manche Dichter scheuen zwar öffentliche Plätze,
wählen ihre heimliche Wohnung im Verborgnen,
mühen sich beflissen und plagen sich nicht wenig,
können endlich doch kaum ein großes Werk vollbringen.

Fasten und Enthaltsamkeit übt der Chor der Dichter,
meidet öffentlichen Streit und den Lärm des Marktes,
und damit ein Werk gelingt, das unsterblich mache,
stirbt der Mühsal Untertan an dem Arbeitseifer.

Einem jeden gibt Natur die ihm eigne Gabe:
selber habe niemals ich nüchtern schreiben können;
wär ich nüchtern, könnte mich jedes Kind besiegen:
Durst und Fasten hasse ich wie die eigne Grube.

Einem jeden gibt Natur die ihm eigne Gabe:
wenn ich Verse schreibe, muß guten Wein ich trinken,
und vom reinsten steht das Faß immer bei den Wirten,
solcher Wein bringt auch hervor eine Menge Lieder.

Verse mach ich gleicher Art, wie ich Weine trinke;
nichts hingegen kann ich tun ohne edle Speise;
ganz und gar nicht tauglich ist, was ich nüchtern schreibe;
hinterm Kelche siege ich singend über Naso.

Niemals wird der Dichtkunst Geist mir gegeben werden,
wenn der Bauch ist nicht zuerst gut gesättigt worden;
allsolange Bacchus herrscht in des Hirnes Kuppel,
stürzt auch Phöbus auf mich ein und spricht Wunderbares.

Da ich bettelarm bin, kann ich von dem nichts schildern,
was in Latium getan hat der Kaiser Friedrich,
wie im Tuskerland der Feind ist bezwungen worden -
nur von dir, des Kaisers Freund treu und unbestechlich.

Dichter bin ich, ärmer denn alle andern Dichter,
habe durchaus nichts als das, was euch steht vor Augen;
daher klage ich so oft, wenn ihr habt zu lachen -
glaubt nur nicht, daß eigne Schuld ließ mich so verarmen.

Nicht soll ich das Feld bestelln, weil ich ein Scholar bin,
meine Vorfahrn sind der Schlacht kundige Soldaten,
aber weil soldatische Mühe mich verschreckte,
wollt ich lieber dem Virgil folgen als dem Paris.

Bettelei ist eine Schmach, niemals will ich betteln,
Diebe haben mancherlei, doch nicht ohne Arglist.
was soll ich denn tun, da ich nicht das Feld bestelle,
weder Bettler werden will noch als Dieb will leben?

Häufig schon beklagte ich laut in meinen Liedern
meiner Armut bittre Not vor gelehrten Männern.
Nicht versteht das weltlich Volk, was gebührt dem Dichter,
nichts bekomme ich von ihm (und das weiß ein jeder).[4]

Bischöfe Italiens, Bischöfe voll Habsucht
- Götzendiener muß man sie sehr viel eher nennen! -
geben einen Heller kaum armem Wanderschüler:
wer wird reich durch solcherlei Gaben werden können?

Schmerzlich ist mir, wenn ich seh, wie so viele Schnorrer,
ob sie völlig unbrauchbar sind und völlig töricht,
ob sie auch kein Wissen stützt ihrer eignen Seele,
wohl gepflegt mit seidenen bunten Kleidern werden.

---

4   Hier folgt eine unvollständige Strophe:
    Von den deutschen Männern wird meistens viel gegeben,
    würdig sind vor andern sie allerhöchsten Lobes.

Ritter, wünsch ich, sollen nur ihnen dieses geben,
unsre Bischöfe jedoch sollen an uns denken,
sollen nicht mit Löwenfell diese Esel schmücken -
ihnen fehlt die Frömmigkeit, wenn sie Ehre suchen.

Hört mich an, ihr Priester von wunderbarer Milde!
Während mancher Dichter pflegt unbehaust zu hungern,
treten Possenreißer stets ein in eure Stuben,
deren Tollheit alles ist, was sie treiben können.

Aller Knauser Heuchelei möge nun verschwinden!
Habgier ist ein Götzendienst, wie wir alle wissen.
Rühmlich ist der Edelmut hochgesinnter Priester;
erster unter diesen ist Kölns erwählter Bischof.

Mächtig und erfahren ist er in Reichsgeschäften,
vom Geschäft des Reiches ward ihm bestimmt der Name;
unvergessen, eingedenk unsers Herren Lehre
gibt er heiter, ohne daß man es von ihm fordert.

Daher will ich etwas schon im Voraus erbitten:
nackt bin ich und fürchte mich vor des Winters Kälte,
habe weder wollen Tuch noch im Bette Federn;
gebe er mir doch so gern, wie ich gerne nehme.

Hoher Kanzler, du allein bist mein einzig Hoffen;
keine Arglist wohnt in dir, in dir wohnt kein Makel.
lange Zeit gewähre dir deines Schicksals Faden,
und der Himmel strahle dir einst in hellem Lichte.

Gut genutzt hab ich das Geld, das du mir gegeben:
einen armen Priester hab ich genährt im Sommer.
möge Gott beschützen dich in der schweren Arbeit,
die verworfnen Feinde solln vor dir niederstürzen.

Da mein Herr freigebig ist, will ich selbst nicht sparen,
will ohne Gefährten nicht mich der Ernte freuen:
edlen Herzens ist es ja, anderen zu nützen;
niemals wird ein großes Herz er im Stiche lassen.

Nach dem Maße, wie ich hab, gebe ich auch gerne,
und ich esse nicht mein Brot einsam und verborgen,
in Paläste will ich nicht unverständig treten,
wie es jene Leute tun, deren Gott der Bauch ist.

Hoher Kanzler, Hoffnung mein bist du und mein Leben,
in dem Nestors Geist sich eint mit Odysseus Stimme,
Christus leih dir Siegesruhm und ein langes Leben
und uns die Beredsamkeit, daß wir davon schreiben.

Rainald hört es mit gemischten Gefühlen. *Was im Tuskerland
getan hat der Kaiser Friedrich* - die Plünderung kann er
rechtfertigen; so ergeht es den Unterlegenen! Übrigens hat
er die Gebeine der Heiligen drei Könige an sich gebracht,
erlesene Reliquien, die bald in Köln wohnen sollen. Aber ihm
graut vor dem Ausmaß der Zerstörung – was für Kunstwerke
haben diese barbarischen Söldner da vernichtet! - und der
Unbarmherzigkeit, mit der die Bürger um ihre Stadt
gebracht wurden. Er ist zornig auf den Dichter, der einen
Auftrag verweigert (und was für einen Auftrag!), und er hat
Sympathie für die Weigerung. Der Seitenhieb auf die
guelfischen Amtsbrüder läßt ihn laut auflachen.

Wenige Tage später trägt der Archipoeta dem Kaiser ein Preislied vor, in dem er ihn als weisen Friedensstifter darstellt. Das ist durchaus keine Heuchelei; tatsächlich sind ja die Verhältnisse in Italien sicherer, die Gesetze gerechter geworden! Aber die Bürger von Mailand sollen nicht vergessen werden. Als Friedensfürsten besingt er den Kaiser, der für das Recht sorgt und den Gottlosen wehrt, aber auch vom Schmerz der Mailänder singt er.

salve, mundi domine, Cesar noster, ave!
cuius bonis omnibus iugum est suave!
quisquis contra calcitrat putans illud grave,
obstinati cordis est et cervicis prave.

Heil dir, Herr der Welt, gegrüßt seist du, unser Kaiser!
Allen Guten ist dein Joch sanft und leicht zu tragen.
Wer ihm aber widerstrebt, wer zu schwer es findet,
hat ein widerwillig Herz, einen harten Nacken.

Fürst der Fürsten auf der Welt bist du, Kaiser Friedrich,
dessen Kriegsposaune läßt schwanken Feindes Burgen.
Vor dir neigen wir das Haupt, Tiger wie die Emse,
Zedern Libanons wie auch Dorn und Tamariske.

Kein Verständger zweifelt, daß du durch Gottes Willen
über andre Könige bist gesetzt als König,
und im Volke Gottes hast du erlangt in Würden
so das Schwert der Rache wie auch den Schild des Schutzes.

Lange hab ich nachgedacht, wie es ungeraten,
meinem Kaiser den Tribut oder Zins zu weigern;
ärmer als die Witwe bin ich, geb dir nur wenig,
schäm mich, vor dir stumm zu sein und dich nicht zu
preisen.

Du behütest und umsorgst Große wie auch Kleine,
Großen stehn und Kleinen auch deine Türen offen.
Also sind wir allesamt Schuldner vor dem Kaiser,
der für unsre Rechte sich Mühsal aufgebürdet.

Bauern geben Früchte hin, Fischer geben Fische,
Vogelsteller, Jäger auch, geben Wild und Vögel.
Wir, die armen Dichter, wir, die das Geld verachten,
wir beschreiben Kaiserruhm, singen seine Ehre.

Wahrem Glauben folge ich als ein Sohn der Kirche!
Ich verachte falschen Sinn, Eitelkeit der Heiden,
rufe nicht um Hilfe an Phoebus und Diana,
fordre nicht des Cicero Sprache von den Musen.

Christi Geist erfülle das christliche Gemüte,
vom Gesalbten unsers Herrn würdig Lob zu singen,
der mit Kräften auf sich nimmt alle Last der Erde
und das Römerreich erhebt in die alte Würde.

Müßiggang der Fürsten Roms ließ, wie alle wissen,
frevlerische Dornensaat in dem Reiche wachsen,
weckte die Verwegenheit vieler Völkerschaften,
ans Lombardenvolk allein will ich hier erinnern.

Da sie einst errichteten riesenhafte Türme
und durch hohe Türme Gott widerstreben wollten,
wagten sie voll Frevelmut, Fürstenrecht zu schmähen,
daß ihr starrer Sinn verdient der Kyklopen Blitze.

Wollten mit der Freiheit Ruhm vor den andern prahlen,
keinen König wollten sie in Italien kennen,
zürnten, da man eingeschränkt des Gesetzes Regeln,
wollten überschreiten die Schranken des Gesetzes.

Für den Kaiser den Tribut niemand mehr bedachte,
alle waren Kaiser hier, niemand zahlte Steuern.
Des Ambrosius Stadt bestand so wie Troja, scheute
wenig vor den Göttern sich, weniger vor Menschen.

Reich an allen Gütern war sie, genug gesegnet,
hätte sie dem Schicksal nicht widerstreben wollen!
War es doch der höchste Sinn ihrer Freiheit, schuldig
das, was ihres Kaisers war, willig hinzugeben.

Es erhob sich, gottgewollt, dieser Zeit der König,
seine Feinde zu bedrohn wie ein wilder Löwe.
In den Schlachten gleicht er dem Judas Makkabäus,
und geringer ist er als alles, was ich sage.

Nicht auf eignes Wohlergehn ist sein Sinn gerichtet -
Sorge um das Fleisch zerschlägt Tugenden des Geistes.
Er bedenkt die Sicherheit des gemeinen Volkes,
und der Frevler Übermut zwingt er in die Knechtschaft.

Wieviel Macht und wieviel Ruhm Kaiser Friedrich habe,
ist ja allen offenbar, brauch ich nicht zu sagen.
Widerspenstige durchbohrt seiner Rache Lanze,
er ist gleich dem Kaiser Karl, siegreich seine Rechte.

Da er den verworrenen Erdkreis hat betrachtet,
hat ein Werk von Gottes Gunst machtvoll er begonnen:
Um das Reich in früheren Stand zurückzurufen,
forderte er schuldige Steuern von den Städten.

Seinem Herren unterwarf sich zuerst Pavia,
gute Stadt, der Städte Preis, ruhmvoll, fromm und mächtig.
Ruhmes würdig wäre sie, wert sie zu beschreiben,
wäre unser Weg nur nicht allzu kurz bemessen.

Nach Pavia beugte sich auch die Stadt Novara:
Ihre Schwerter haben für unser Reich gerungen,
schlugen und bezwangen mit ungemessnen Kräften,
als das stolze Mailand sie hatte überfallen.

Du, Novara, lebe stets fort durch meine Lieder!
Deine Bürger seien stets überall empfohlen.
Ruhmreich wirst du immer sein vor den andern Städten,
bis die Gletscher und der Schnee von den Alpen tauen.

Du, Novara, freue dich, niemals wirst du altern,
weißt, daß du erneuert wirst stets durch meine Lieder!
Deines Ruhmes wird kein Tag je ein Ende sehen!
Nun ist nach der Mühsal dir wieder Ruh gegeben.

Ungeheuer ist der Schmerz der Mailänder Bürger,
allzu großer Schmerz verwirrt ihnen ihre Sinne.
Des Ambrosius Bürgerschaft ist von Wut entzündet,
da von ihr gefordert wird Steuer wie von Sklaven.

Du, der Kaiser von Byzanz, laß dich von mir warnen:
Laß von deiner Drohung ab, senke deine Rechte!
Mailands Leute sehen schon so viel Trümmer liegen,
daß inmitten ihrer Stadt nur noch Dornen wachsen.

Jenes Volk und jener Ort waren einst so mächtig -
wäre auch ganz Griechenland samt Achill gekommen,
in dem so viel Mauerwerk, mächtge Städte standen,
nicht in tausend Jahren wär Mailand unterworfen.

Doch belagert ward der Ort auf Befehl des Kaisers,
bis das Brot man dort verkauft wie den Safran teuer.
In so großem Elend war da kein Ort zum Scherzen;
schließlich endete das Spiel durch den Turm des Kaisers.

Von der Erde Enden klang es in allen Ohren,
zu den Meeresinseln kam dieses Krieges Kunde.
Wär zu schildern mir erlaubt dies in größrer Fülle,
meintest du, daß den Virgil mein Werk übertreffe.

Tausendfach beschriebe ich kriegerische Kämpfe:
Hier der Feinde Hinterhalt, dort den tapfren Angriff,
und wie drohend auf den Feind hieb das Schwert, das
blanke,
wie der unbesiegte Fürst aus dem Lager rückte.

Scharenweise Strolche gab einst es in Italien,
Raserei der Räuber hielt jeden Weg belagert,
deren Herz zur Missetat immerfort sich neigte,
und die Schlechtes nur zu tun für das Gute hielten.

Ehrenvoll der Kaiser ist, Dank gebührt dem Kaiser,
da des Landes Straßen nun alle offen liegen,
da der Diebe Leiber sind ausgesetzt den Winden,
sie mit tauben Ohren auf Nordwinds Brausen horchen.

Von Augustus wird die Welt wiederum geordnet,
wird dem Staat sein alter Rang wiederum gegeben,
Friede schreitet durch das Land mit dem holden Antlitz,
nicht wird der Gerechte mehr unterdrückt vom Frevler.

Ruhm des Kaisers fliegt dahin gleich wie schnelle Pferde,
und der Griechenkaiser bebt, da er davon hörte,
weiß schon nicht mehr, was zu tun, und ist blind vor
Ängsten,
Kaisers Namen fürchtet er wie das Vieh den Löwen.

Kein Sizilier leistet mehr dem Tyrannen Folge:
Nach dir, Kaiser, dürsten sie, und sie harren deiner.
Gerne beugen schon das Knie vor dir die Apulier,
wundern sich, was dich noch hält, feuchten ihre Augen.

Deinen Weg bereitete dir der hohe Kanzler,
machte alle Pfade weit, raufte Dornensträucher,
und er unterwarf das Land unters Joch des Kaisers,
aber mich befreite er aus dem See der Armut.

Edler Herrscher, handle so, wie du immer handelst,
so, wie du erhoben warst, hebe dich noch höher!
Schütze, die dir untertan, doch die Feinde schlage,
stürze rächend dich auf sie, mache sie zunichte.

Der Kaiser nimmt die Huldigung hin und überhört den leisen Vorwurf. Rainald ist hingerissen; ein Preislied erster Güte ist das, und zugleich diese leise Mahnung, die er selbst nicht in so kluge Worte fassen konnte.

Wieder ziehen die Staatsgeschäfte Friedrich und Rainald nach Pavia – und mit ihnen den Erzdichter. Pavia, das im Ruf steht, in jedem fünften Haus eine Taverne zu bergen, und in jeder Taverne fünf Dirnen! Eine Zeitlang nimmt der Archipoeta sich Urlaub von Rainald, ohne ihn gefragt zu haben. Wein in der Schenke, ein wenig Stadtluft schnuppern, vielleicht anderen Sängern begegnen - mehr sollte es gar nicht werden. Aber wenn in und vor den Schenken überall schöne Frauen sich anbieten, wenn an jeder Ecke ein Würfelspiel zu wagen ist, und wenn schließlich der Wein so wohlfeil ist und so gut und dazu noch unvermischt – wie soll ein armer Dichter widerstehen?

In einer Taverne trifft er einen Diener Rainalds. Der fragt ihn mit kumpanenhafter Leutseligkeit über sein Tun und Treiben und gibt ihm einige Becher Wein aus. Am späteren Abend verläßt er das schlichte Gasthaus. Der Archipoeta übernachtet auf einem nicht besonders sauberen Strohlager, wacht mit summendem Schädel auf und läßt sich eine kräftige Suppe geben, zieht einige Stunden durch die Straßen, bis das Summen nachläßt. Dann geht er zurück zu seinem Archepiscopus.

Der empfängt ihn mit einem Zornausbruch: Fortscheren solle er sich, sein Haus sei keine Räuberhöhle, immer und immer wieder habe er über die Sünden des Dichters hinweggesehen, aber nun sei es genug. - Der Dichter versucht, sich zu rechtfertigen: Er wisse ja, daß er durchaus kein Heiliger sei, seine Seele sei einfach zu schwach, und die Frau Venus zu stark... Der Bischof herrscht ihn an:

„Hinaus! Komm mir nicht mehr unter die Augen."

Traurig geht der Dichter; nun hat er sich um das Beste gebracht, was er nach irdischen Maßstäben zu erwarten hat. Ach, und kein Segenswunsch begleitet ihn, wenn er sich nun alleine durchschlagen muß. Dann aber kommt ihn etwas wie Trotz an — wenn Venus und Bacchus ihm nicht erlauben, für Rainald zu dichten, müssen sie ihm etwas anderes bieten!

Nach einer guten Woche ist sein Beutel beträchtlich leichter, der Kopf dafür schwerer, und auch das Herz. Was man über Pavia sagt, ist die lautere Wahrheit. Einen ganzen Tag lang überlegt er, seinen Brotherrn aufzugeben. Aber das hieße nicht nur, den überreichen Gaben seines Erzbischofs zu entsagen. Er verlöre auch etwas wie einen Vater.

Aber der Wein, die Mädchen, das wilde schöne Leben von Pavia... Mit heißen Augen sitzt er in einer billigen Herberge, überhört das Schnarchen der Zimmergenossen, schreibt bis zum Morgengrauen, verschwendet Öl für die Lampe, trinkt dabei nicht mehr als einen Becher Wein. Wickelt sich in seinen Mantel, schläft kurz, wacht auf und bezeichnet sich mit dem Kreuz. Dann entlohnt er den Wirt und macht sich auf.

Schüchtern tritt er vor Rainald. Der hat seinen Zorn schon bereut, aber so ohne weiteres kann er den Dichter nicht wieder aufnehmen.

„Was hast du zu sagen?"

herrscht er ihn an, und ohne weitere Einleitung singt der Gescholtene:

estuans intrinsecus ira vehementi
in amaritudine loquor mee menti:
factus de materia levis elementi
folio sum similis de quo ludunt venti.

Bis zum Rande angefüllt nur mit Zorn alleine,
schlag ich voller Bitterkeit an mein Herz und weine:
aus zu leichtem Stoff gemacht, kann ich nirgends bleiben,
bin ich wie ein welkes Blatt, das die Winde treiben.

Eigen ist dem weisen Mann, klug sein Haus zu bauen;
er stellt es auf Felsengrund, kann dem Grund vertrauen.
Ich, ein Tor, vergleiche mich mit des Flusses Eilen:
unterm gleichen Himmelsstrich kann er nie verweilen.

Wie ein steuerloses Schiff lasse ich mich treiben;
wie der Vogel in der Luft kann ich nirgends bleiben;
keine Fessel je mich hielt, Schlüssel nie mich bargen -
meinesgleichen such ich auf, bind mich an den Argen.

Schwere Herzen scheinen mir viel zu schwere Sachen;
liebenswert ist mir der Scherz, honigsüß das Lachen!
Überall wo Venus herrscht, ist die Arbeit seiden,
doch in dumpfen Herzen will sie ihr Heim nicht leiden.

Gehe ich den breiten Weg eigen meiner Jugend,
werfe mich dem Laster an ungedenk der Tugend,
bin begierig, nur die Lust, nicht das Heil zu erben,
sorge mich um meine Haut, lass die Seele sterben.

Weiser Bischof, reuig fleh ich zu dir als Büßer:
leiden will ich guten Tod, Sterben wird mir süßer -
Mädchenschönheit – im Gemüt lässt sie tiefe Spuren,
wo ich sie nicht fassen kann, will mein Herz doch huren.

Schwer ist unsre Schuldigkeit, die Natur zu schlagen
und beim Anblick junger Fraun reinen Sinn zu tragen.
In der Jugend können wir kaum nach Regeln trachten,
und der jugendliche Leib ist nicht leicht verachten.

Wer ins Feuer hingestellt, wird der nicht verbrennen?
Wer soll in Pavia noch lange keusch sich nennen?
Wo mit ihrem Finger lockt Venus junge Leute,
fallen sie durch ihren Blick, ihrer Schönheit Beute.

Stellst du heute Hippolit in Pavias Mauern,
könnt ihm, Hippolit zu sein, nicht zwei Tage dauern.
Im Gemach der Venus muß jeder Weg sich einen,
unter allen Türmen ist kein Turm für die Reinen.

Zweitens bin ich angeklagt, dass gespielt ich habe,
da ich aber durch das Spiel kaum noch Kleider habe,
bin ich kalt von außen zwar, doch im Geist voll Hitze,
Verse schreib und Lieder ich so mit größerm Witze.

Drittens weiß ich wohl, man sieht mich zur Schenke gehen,
niemals hab ich sie geschmäht, will sie niemals schmähen,
bis einst an mein Totenbett heilge Engel kommen,
deren Lied zuletzt ich hör: Ewge Ruh den Frommen.

In der Kneipe möchte ich dermaleinst vergehen,
wo dem mund des Sterbenden nah die Weine stehen!
Singend wird der Engel Chor meine Seele werben:
Laß, o Gott, den Zechkumpan nun dein Reich ererben.

Durch die Becher wird mir des Geistes Licht erleuchtet,
und zum Himmel fliegt mein Herz, das der Nektar feuchtet.
Besser als des Bischofs Wein schmeckt mir Wein der
Schenke,
da sein Mundschenk Wasser mischt stets zu dem Getränke.

Manche Dichter scheuen zwar öffentliche Orte,
wählen sich die Einsamkeit zum verborgnen Horte,
mühn sich eifrig, wachend und im beständgen Ringen -
können endlich doch kaum ein großes Werk vollbringen.

Fasten und Enthaltsamkeit übt der Chor der Dichter,
Lärm des Marktes meidet er, Streit mit dem Gelichter,
und daß nur ein Werk gelingt, daß sie ewig blühen,
sterben sie an ihrem Fleiß, Knechte ihrer Mühen.

Einem jeden gibt Natur die ihm eigne Gabe:
wenn ich nüchtern war, noch nie ich geschrieben habe;
bin ich nüchtern, so besiegt mich ein kleiner Bube,
Durst und Fasten hasse ich wie die eigne Grube.

Einem jeden gibt Natur die ihm eigne Gabe:
wenn ich schreibe, tut auch Not, dass der Wein mich labe,
und vom reinsten steht das Fass immer bei den Schenken,
solche Weine lassen mich Lieder viel erdenken.

Meine Verse gleichen stets dem genossnen Weine,
wenn ich nichts genossen hab, schreibe ich auch keine;
was ich nüchtern schreibe, wird besser ganz verschwiegen,
hinterm Kelche aber kann ich Ovid besiegen.

Niemals wird der Dichterkunst Geist mir zugemessen,
wenn zuvor der Magen nicht hat genug zu essen;
allsolange Bacchus thront in des Hirnes Veste,
stürzt auch Phoebus auf mich ein, kündet mir aufs Beste.

Sieh, nun hab ich vorgebracht meine Missetaten,
die von deinen Treuen schon wurden dir verraten,
unter denen keiner je selber sich verklagte,
wenn er auch dem Spiele hold, nach der Weltlust jagte.

Vor dem Angesichte des Bischofs voller Ehren,
nach der Richtschnur, die uns gab das Gebot des Herren,
werfe der den Stein auf mich, schone nicht den Dichter,
dessen Sinn nicht werden mag eigner Sünden Richter.

Was mir wider mich bewußt, hab ich ausgesprochen,
und das lang bewahrte Gift habe ich erbrochen.
Bin das alte Leben Leid, neu will ich beginnen,
was vor Augen, sieht der Mensch, Gott kennt unser Sinnen.

Tugend hab ich nun erwählt, Lastern abgeschworen,
werde mit erneutem Sinn geistlich neu geboren,
wie ein neu Gebornes soll frische Milch mich nähren,
niemals mehr soll Eitelkeit dieses Herz begehren.

Kölns Erwählter, schone mich, alles will ich büßen,
sei barmherzig und vergib, dir fall ich zu Füßen.
Gib mir Buße auf, da ich keine Schuld verhohlen,
und mit frohem Sinne tu ich, was du befohlen.

Schont doch auch der Leu, der Fürst ist vor allen Tieren,
seine Knechte, wird den Zorn aus dem Sinn verlieren.
Handelt grade so wie er, Fürsten ihr auf Erden!
Was der Süße mangelt, kann allzu bitter werden.

Rainald müht sich sehr, eine strenge Miene zu wahren. Nein,
so billig läßt er den Sänger nicht davonkommen, nein – viel
zu lange war er allzu nachsichtig mir ihm. Aber was für ein
unglaublich begabter Schlingel er ist. Der Erzbischof kneift
die Lippen zusammen, verschließt seine freundlicheren
Gefühle vor dem so hoffnungsvoll Dreinblickenden:

„Stolz bist du auf deine Sünden! Komm mir nicht wieder
unter die Augen - nicht ehe du wirklich glaubwürdig
umkehrst!"

Der Dichter verneigt sich tief, geht gesenkten Hauptes
davon. Am liebsten riefe Rainald hinter ihm her.

Monate vergehen, in denen Rainald sich immer wieder fragt,
ob er nicht mit unbilliger Härte gehandelt hat. Er hofft, der
Archipoeta möchte wahrhaft bereuen, damit er ihn wieder
aufnehmen kann. Zugleich ertappt er sich dabei, die ersten

Verse jenes Liedes zu wiederholen. *estuans intrinsecus ira vehementi, in amaritudine loquor mee menti...* Das ist, Gott vergebe uns allen Irrtum, großartig.

Der Dichter ist derweil in einer Spelunke untergekommen, aber er trinkt keinen Wein, er verspielt nichts, und er sieht keine Weiber an. Er brütet. So sehr hatte er gehofft, das Herz dieses Hochverehrten zu rühren, und übrigens ist das Carmen auch wirklich gut geworden, so viel ist sicher. Aber dies steinerne Antlitz vergißt er nicht. Da war nichts von Vergebung, von Liebe zu sehen – aber hat er nicht recht gehabt, der große Herr? Hat er selbst, der Dichter, es nicht wahrlich zu weit getrieben? Wie ein Schwein hat er sich im Schmutz gesuhlt, hat sich um irdische und himmlische Schätze gebracht.

Um die Herberge zu bezahlen, singt er wehmütige Liebeslieder von stolzen Unnahbaren und unglücklichen Betrogenen, bekannte Lieder, die er nicht besonders schätzt – aber die Leute hören sie gern und zahlen gut dafür. Ihm selbst will nichts Neues gelingen. Die Wirtstochter ist hübsch und schwärmt ein wenig für den so geheimnisvoll-traurigen Sänger mit den tiefliegenden Augen, aber er rührt sie nicht an.

Im April 1164 stirbt Viktor, das Schisma scheint beendet, doch zwei Tage später wird der Kardinal Wido von Crema auf Rainalds Betreiben als Paschalis III. zum Papst geweiht. Den Kaiser hat er nicht um seine Meinung gefragt. Es schneidet dem Archipoeta ins Herz, wenn er hört, wie gehässig darüber geredet wird. Sein Archepiscopus hat doch recht gehandelt, einen Heiligen Vater braucht die Welt und braucht das Reich, und ein Guelfe ist dazu wahrlich nicht geeignet.

So weise der Hochverehrte ist, so unklug scheint der Dichter sich selbst. Wahnsinnig ist er gewesen, wie der Heide Orest, nein schlimmer, den haben die Furien gehetzt, ihn aber hat niemand gezwungen!

Ein Gerücht verfestigt sich: im Sommer soll der Erzbischof in Burgund einen Hoftag abhalten. Der Dichter weiß kaum, was er tut, als er sein Bündel schnürt und sich aufmacht. Über drei Wochen ist er unterwegs, gönnt sich kaum Rast und Essen. Auf dem Weg nimmt er die Bischofsstadt Turin kaum wahr, quält sich trotz Sonnenbrand und nächtlicher Kälte über die Berge, und gelangt, erschöpft und mager, endlich in die burgundische Hauptstadt Vienne. Bis zum Hoftag schlägt er sich mit Liebesliedern durch, und nur selten gönnt er sich Wein, dann aber, um an einem neuen Lied zu feilen. Dabei lacht er zuweilen leise auf, verlacht sich selbst im Vergleich mit einer ebenso ernsten wie komischen Geschichte aus der Schrift. Meist aber ist ihm mehr nach Weinen zumute.

Vienne quillt über vor Menschen aller Stände. Alle wohlfeilen Gaststätten sind überfüllt, und in eine teurere ginge er nicht einmal, wenn er Geld hätte – es kommt ihm nicht zu, wie ein Herr zu leben. Seinen Stand verschweigt er, mag nicht um Lieder und Gerüchte gebeten werden, und auch seinen Namen will er nicht sagen, hat er doch selbst seinen Namen besudelt. Jonas nennt er sich, nach dem unbotmäßigen Propheten, der vor Gott floh.

Die hundertjährige Kathedrale schaut einladend weit über die Stadt, aber er verläßt für heute den fröhlichen Lärm von Vienne. Am Ufer der Rhone wickelt er sich in seinen Mantel und schläft unter freiem Himmel. Vor Straßenräubern muß er keine Angst haben.

Vor Sonnenaufgang erwacht er fröstelnd, bekreuzigt sich, wäscht sich im Fluß, klopft den Staub aus seinen Kleidern. Wenig später tritt er in die Kathedrale ein. Die Laudes wird gesungen; hinter dem Lettner erkennt der Dichter schattenhaft die Gestalt des Erzbischofs. Beklommen kniet er neben einem alten Weib nieder. Leise singt er die Psalmen mit. Nach dem Pater Noster steht er mit etwas schmerzenden Knien auf, kommt fast gleichzeitig mit Rainald vor der Sakristei an. Der sieht ihn, bedeutet ihm stumm, in ein Seitenschiff zu gehen. Zwei Beter bekreuzigen sich ehrfürchtig, als der Bischof vor ihnen steht. Der segnet die frommen Männer – und wendet sich dann mit strengem Blick an den Dichter, zwingt sich, mit keiner Miene seine Erleichterung und sein Mitleid zu verraten. Um seiner Seele willen darf man es ihm nicht zu leicht machen.

Der Archipoeta verneigt sich tief und beginnt ohne Einleitung zu singen.

Fama tuba dante sonum
Excitata vox preconum
Clamat viris regionum
Advenire virum bonum
Patrem pacis et patronum,
Cui Vienna parat tronum,
Multitudo marchionum.
Turba strepens istrionum
Iam conformat tono tonum.

Der Posaunenschall verkündets
und die helle Heroldsstimme
rufts den Leuten jeder Gegend:
Kommen wird ein edler Herre,
Schutzherr ist er, Friedensvater!
Vienne und aller Fürsten Menge
hat ihm einen Thron bereitet.
Scharweis lassen Musikanten
schon wie Donnerhall es schallen.

Schon seit einer guten Woche
ist der Gaukler Schar zugegen,
jeder hofft auf reiche Gaben.
Aber ich, gesenkten Hauptes,
gleiche einem Gaunerbruder,
angeklagt und nicht des Denkens,
Fühlens nicht noch Redens fähig.

Wer ich bin, den Sängernamen,
gebe ich nicht zu erkennen,
doch der flüchtge Jonas scheint mir
trefflich sich als Bild zu eignen:
Jonas will ich nun mich nennen.

Stromweis fließen meine Tränen,
ich vergieße sie als Flüchtling,
halb lebendig nur im Walfisch.
Einst war ich dein Adoptivsohn,
Mehrzahl aber und Geschlecht sind,
liederlich und ungezügelt,
längst zum Schaden mir geworden.

Da ich Lust genießen wollte,
ward ich gleich dem dummen Schweine,
war nicht mit dem Heilgen heilig.
So, aus Furcht vor deinem Zorne,
wie vor Gottes Zorn einst Jonas,
bin ich wie der Wind geflohen.

Als das Schicksal griff nach Jonas,
fand man schuldig ihn des Sturmes;
und, verurteilt von der Mannschaft,
sog ihn ein das Tor des Wales.
Gleichermaßen todeswürdig,
falsches, schlechtes Leben führend,
ist mein Fleisch schon ganz verschlungen,
aber noch bleibt stark die Seele.
Vor dir scheu ich als Beklagter,
doch vielleicht zeigst du Erbarmen.

Sieh doch, wie er weint, dein Jonas,
kennt die Schuld, um deretwillen
ihn der Walfisch ausgespien,
Gnade wünscht er, fleht auf Knien,
daß von dieser Pest du lösest
ihn, der dich so hoch verehrt und
bebend liegt zu deinen Füßen.
Willst von ihm die Schuld du nehmen,
willst dem Walfisch du befehlen,
wird der Wal nach seiner Weise
seinen Riesenrachen öffnen,
wird den kahlen Dichter speien
und in den bestimmten Hafen
bringen den vor Hunger Schwachen.

Wieder wird er dann dein Sänger,
wird zum Dank ein Werk dir schreiben.
Dir befahl ja Gottes Ratschluß,
dazu bist du ja geboren,
daß durch Redlichkeit und Anstand
und durch deiner Großmut Beispiel
du die Welt von Neuem ordnest.

Willst von mir die Schuld du nehmen,
geh ich, wohin du mich sendest,
unversehrt von Schwert und Pfeilen,
trage ich die Efeubinde.

Keine Niniviten werde
fürchten ich noch arge Heiden,
will so leben wie die Väter,
will das meiden, was du meidest,
will, wenn du mich wieder reich machst,
nie Gehörtes für dich schreiben.

Daß ich es nur offen sage,
mich bedrückt die Pest der Armut,
Tor ich, dem an deiner Seite
Geld und Rosse, Kleid und Speise
jeden Tag ein Fest sein ließen.

Irrer nun als es Orest war,
leb ich schlecht und falle lästig,
schlag mich ehrlos durch als Gauner,
bin betrübt auf jedem Feste -
hierfür braucht es keine Zeugen.

Friedensmehrer, Feind des Haders,
sei doch deinem Sänger gnädig,
glaube nicht, was Toren sagen!
Ist erst das Geschlecht entschlafen,
heilger werd ich als ein Klausner!
Was ihr Böses an mir findet,
schneid ich ab, wenn ihr gebietet!
Daß nicht Durst uns übermanne,
sei du Weinstock, ich sei Rebe.

Während des Liedes ist er vor dem Ehrfurchtgebietenden niedergekniet. Er hat dabei durchaus auch den Witz des Liedes unterstrichen; der geistliche Herr hat bei der Stelle über den einen Propheten herauswürgenden Wal ein Auflachen als Hüsteln kaschiert.

Nun aber verbirgt der Dichter sein Gesicht in den Händen und neigt sich vor, berührt mit der Stirn fast Rainalds Füße. Das ist keine einstudierte Geste, er wollte aufstehen und seinem Archepiscopus in die Augen schauen – und ist von der Pracht der Kathedrale, von dem Wiedersehen mit dem Verehrten, Geliebten überwältigt. Eine zarte Berührung, eher ein Streicheln als ein Handauflegen, läßt ihn aufblicken; der Erzbischof wischt ihm mit der purpurn behandschuhten Rechten die Tränenspuren von den Wangen.

„Wie bist du hergekommen, mein Sohn? Mit Fahrenden, mit Kaufleuten?"

„Allein, mein Herr Bischof."

Rainald ist beeindruckt, ist hingerissen von den zwischen Komik und Verzweiflung schwankenden Versen, und er glaubt an ihre Aufrichtigkeit, gerade weil er den nicht völlig reinen Witz der letzten Strophe durchaus verstanden hat. Wenn dieser Vagant auch nur im halben Scherz bereit ist, seine Mannheit aufzugeben – dann kann man ihm die Reue wohl glauben. Was er über seine Armut sagt, sieht man an seinen Wangen, seinen Augen und auch an den mit rührender Mühe in einen vorzeigbaren Zustand gebrachten Kleidern. Und daß er zu Fuß gekommen ist, kann man als Buße werten. Rainald hat den gleichen Weg hinter sich – mühselig genug – aber mit Pferden, Wagen und einer Sänfte; Alpenschnee hat auch er gesehen, aber keine nassen Füße davon bekommen. Der Erzbischof erteilt dem Erzdichter die Absolution.

Als bald darauf Rainald seinen Bischofssitz aufsucht, begleitet sein Dichter ihn. Man reist am Rhein entlang und vermeidet das feindselige Lothringen. Nördlich der Alpen ist die Stimmung gegenüber Rainald kühl; den Papst Paschalis nimmt man ihm übel, auch wenn der Kaiser seinem Archicancellarius diese Eigenmächtigkeit verziehen hat. Einen Überfall auf die Erzdiozöse Köln durch einen kleinen Fürstenbund hat der Domdechant Philipp von Heinsberg bereits im Frühjahr als tüchtiger Feldherr zurückgeschlagen; die Stimmung ist dadurch nicht freundlicher geworden. Manch einer fragt offen, ob der Kaiser Herr des Kanzlers sei oder nicht vielmehr der Kanzler Herr des Kaisers.

Nun aber bringt Rainald die Reliquien der heiligen drei Könige nach Köln in großem Gepränge – Köln wird schlagartig ein wichtiger Wallfahrtsort, und zumindest die Kölner stellen ihre Vorbehalte gegen den Erzbischof zurück.

Rainald befindet es für gut, seinen Schützling eine Weile in klösterlicher Ruhe zu halten, und bringt ihn im Benediktinerkloster St Martin unter. Der Dichter hat zwar nicht vor, sich für mönchisches Leben sonderlich zu begeistern, ist aber von der Gastfreundlichkeit der Mönche und der Schönheit des modernen Baus gleichermaßen entzückt.

Aber nicht nur Ruhe findet er hier. Vor einem Menschenalter hat ein Koblenzer Probst dem Kloster mit dem Namen des Winzerpatrons fünf Morgen Weinberge in Moselweiß geschenkt. Sein Neffe und Erbe Vuldrich hält nun die Hand auf dies Geschenk; die Mönche sind seiner schlagkräftigen Truppe nicht gewachsen. Der Pfalzgraf bei Rhein entscheidet zunächst für die Mönche, aber als Rainald kämpfend und verhandelnd in Ansbach und Bamberg die Geschicke der Welt lenkt, grollt ihm der Graf und zieht seine Entscheidung zurück. Vuldrich triumphiert.

Als Rainald wieder einmal in Köln weilt, tragen die Mönche den Erbstreit vor ihn. Rainald ist erschöpft und unwillig, will den Abt nicht hören. Der läßt dem Dichtergast einen Becher ungemischten Wein vorsetzen, plaudert mit ihm und bringt das Gespräch über die Qualität des Weines (sie ist außerordentlich) auf den Erbstreit. Wenige Tage später steht der Archipoeta wieder vor dem Archepiscopus:

nocte quadam sabbati somno iam refectus,
cum michi fastidio factus esset lectus,
signo crucis muniens frontem, vultum, pectus
indui me vestibus, quibus eram tectus.

Eines Samstags war ich nachts schon vom Schlafe munter,
und war überdrüssig schon meines Bettes worden,
wappnet' Stirn, Gesicht und Brust mit des Kreuzes Zeichen,
legte meine Kleider an, die mich nachts bedeckten.

Da ich nun schon nicht mehr lag, noch nicht stand gerade,
wurde in die Nüstern mir solcher Duft geblasen,
wie ihn kein Lavendel je und kein Weihrauch brachte,
nicht einmal erlesener frischer Balsamtropfen.

Lucifer, der Morgenstern, war schon aufgegangen,
als ich ganz umflossen von unverhofftem Lichte.
Mich entführte Gottes Kraft in den hellen Himmel -
angenehm ist solcher Raub, wenn Gott selbst der Räuber.

Unter meinen Füßen ließ ich zurück die Erde,
und mir schien, ich werde zur andern Welt getragen,
wunderbar und freudenvoll ist ihr Licht – es taugen
auch beredte Lippen nicht, dieses auszumalen.

Keinen Seufzer gibt es dort, keine Trauerklage,
wo das Volk der Heiligen, selige Gemeinde,
von Gefahren frei ist und sicher ist vor Qualen,
und genießt die Seelenruh, höchsten Friedens Fülle.

Dort hab ich die Schönheit von Gottes Haus gesehen,
doch Ihn selber konnten nicht meine Augen sehen.
Denn das Gottesantlitz ist von so großem Glanze,
daß darob die Engel selbst staunen, die ihm dienen.

Zwar den Aristoteles, den Homer erblickte
ich dort nicht, doch über der Dinge und Ideen
Lehre, übers Wesen der Gattungen und Arten,
hat der große Augustin wahrhaft mir berichtet.

Dann sprach ich mit Michael, mit dem Engelfürsten,
der das Volk der Gläubigen durch die Engel leitet;
von ihm wurde ich ermahnt, Heimliches zu wahren
und des Himmels Ratschluß nicht irgend zu enthüllen.

Ob ich schon viel Künftiges wahrgenommen habe
von dem, was verborgen ist menschlichem Verstehen,
scheu ich mich, Geheimnisse darzutun des Himmels -
du, mein Bischof, aber sollst fürchten nichts, doch jubeln!

Zugewiesen ist dir schon einer von den Engeln,
lieblich ist sein Angesicht weit vor allen andern,
wie auch du durch dein Verdienst, deine großen Taten
die Verdienste überstrahlst aller Wohlgesinnten.

Wisse, daß in Schlachten du durch sein Werk gesiegt hast,
werde also nicht zu stolz und gib Gott die Ehre!
Deines Weges Führer ist er auf allen Straßen,
fromme Bitten bringt er vor deiner Sünden halber.

Durch ihn wird Siziliens Reich deiner Macht gegeben,
und die Axt ist schon gelegt an des Baumes Wurzel.
Stolz erhebt sich Tyrannei und ist ohne Sorgen,
während schon ihr Untergang kommt gleich einem Diebe.

Aber schließlich will ich nicht allzusehr dir schmeicheln
und will meinen Herren nicht schmeichelhaft belügen.
Von so großer Reinheit wird doch kein Mensch gefunden,
daß sein Geist und daß sein Herz völlig ohne Flecken.

Perle ist der Geistlichkeit ein berühmter Heilger,
und ich glaube, jedermann weiß um seinen Namen.
Alle Welt erfüllt er mit seinen Wundertaten!
Der nun sagte, gegen dich sei er sehr erbittert.

Da er über dich vor Gott sich beklagen wollte,
rührte nun mein Weinen ihn, damit noch zu warten,
denn ich weinte bitterlich, wie ich oftmals weine,
flehte ihn durch Tränen an, seinen Zorn zu stillen.

Aus den Augen flossen mir Tränenbäche nieder,
und da ich die Tränen nicht mehr zu stillen wußte,
ging ich aus der Lachenden Land hinweg mit Weinen,
fand, nur halb lebendig noch, mich im Bette liegen.

Also bitte ich dich, Herr, Blüte unsrer Zeiten,
schleunigst kehre du zurück in des Heilgen Gnade!
Wilde Wölfe haben ihm den Besitz entrissen;
du kannst durch ein kleines Wort ihn zurück ihm geben.

Wenn dich auch die drohenden Sorgen schwer belasten,
dir das Herz zerreißen und heftig dich ermatten,
gilt es, was Gott angenehm, dennoch auch zu wissen,
und der Kirche Sache auch tapfer aufzuhelfen.

Schließe daher Frieden nun mit dem heilgen Martin,
der schon oft an deiner Statt mich mit Wein getränkt hat!
Daß solch Friede übertrifft den mit Paladinen,
weiß, wer immer wird bewegt von dem Geiste Gottes.

Da dich der hochheilige Mann verklagen wollte,
bracht ich ab mit knapper Not ihn durch bittres Weinen.
Weil ich mich nun so für dich habe mühen wollen,
mußt du mir zu diesem Fest etwas Großes schenken.

Husten läßt nicht von mir ab, mich verläßt die Stimme,
prophezeit wird mein Verfall und mein schnelles Ende,
Seufzer nur umgeben mich an entlegnen Orten,
nicht mehr mag wie früher ich mich an Scherzen freuen.

Aber sterbe ich auch gleich, eile ich zum Ende,
schrecken mich Dämonen auch eines nahen Todes,
kann ich dieses Paladins Namen doch nicht lieben,
durch den eine Kanne Wein gar so teuer wurde.

Kränkend hat er heimgesucht Geistliche und Laien,
doch nicht wollte klagen ich über so viel Kränkung
in so vielen Dingen – daß ich die Wahrheit sage -,
wenn man so viel teurer nicht mir den Wein verkaufte.

Tyrannei, die ihm vertraut, will ich offenbaren,
Verse werde schaffen ich, wie ich nie geschrieben.
Alles Grauen, das man liest in der Offenbarung,
trage er, befreit er nicht von dem Schwund die Reben.

Unterdessen führte mich nach dem Psalme Davids
und beherbergt mich der Herr auf des Klosters Weide,
wo der Wein im Überfluß mir, nicht andern, fließet:
Guter Hirte ist der Abt, gibt mir gut zu weiden.

Lachend und etwas beschämt hört Rainald es. Jener Abt war
ihm auf die Nerven gefallen – aber er ist ja im Recht, der
Weinberg ist sein Eigentum, war ihm vom Onkel dieses
Pfalzgrafen geschenkt worden. Das Recht wird durch ein
geistvolles Lied wiederhergestellt.

Im Spätsommer 1166 trifft das Wechselfieber den
Archepiscopus; die Mönche von St Martin beten täglich für
ihn, der Archipoeta fast stündlich.

Wie soll er leben, wenn der Edle stirbt? Das Reich, die Welt,
die Kirche, alle brauchen den Erzbischof, und sein Adoptivus
braucht ihn mehr als alle.

Der zähe Erzbischof überwindet das Fieber und herrscht
seinen Medicus an, der ihm längere Schonung empfiehlt:
Der Herr habe sich nicht geschont, der Kaiser schone sich
nicht und er, Rainald, sehe keinen Anlaß, sich zu schonen.

Noch vor dem Kaiser zieht er im Oktober wieder nach
Italien, und mit ihm sein Dichter. Mit gewaltigem
ritterlichen Gefolge geht es über den großen St. Bernhard,
nach Ivrea, gute drei Tagereisen nordwestlich von Genua.
Zwischen Genua und Pisa versucht er bis nach Weihnachten
zu vermitteln. Zwecklos ist es, die Streithähne finden durch
keine Beredsamkeit und keine Drohung zueinander. In der
Fastenzeit des folgenden Jahres bricht Rainald nach Rom auf
mit einem Umweg über Pisa, gibt das treulose Genua daran,
bindet durch kluge Verhandlungen die Pisaner an den

Kaiser und an Paschalis, läßt sie die Kosten für die Söldner bestreiten.

Zornmütig dringt der Feldherr Rainald weiter vor; die halsstarrige Welfenbrut weigert sich, Paschalis anzuerkennen. Rainalds Zorn teilt sich den Söldnern mit; eine Spur der Verwüstung zieht sich durch Norditalien und bis vor Rom. Während all dem bleibt der Dichter im Hintergrund; im Gegensatz zu Rainald widersteht ihm das Waffenhandwerk zutiefst. Rainald wiederum ist glücklich, seinen Archipoeta wieder bei sich zu haben, und sei es nur in den knappen Abendstunden zu einem kurzen Mahl und Gespräch.

Im Sommer 1167 liegt das Heer vor Rom, man wird den falschen Papst besiegen, das Schisma beenden – hat die erste Schlacht schon geschlagen mit unvorstellbarem Erfolg; wie bei Cannae, heißt es, haben die Kaiserlichen die römische Übermacht niedergewalzt; da bricht eine fiebrige Seuche unter den Soldaten aus. Wie eine schlimme Erkältung sieht es zunächst aus, aber dann kommt das Fieber in Schüben immer wieder. Die Ärzte wissen keine Hilfe; bald sterben die ersten. Rainald fleht um Gottes Beistand, fastet, wacht, betet.

Der Dichter will seinem hohen Gönner beistehen, will fasten wie er, der aber lächelt: Nicht wolle er von dem Schwachen verlangen, die Arbeit des Starken zu tun, und nicht das Fasten von seinem Archipoeta.

„Bete du für mich", sagt er freundlich. „Ich weiß doch, was dir gegeben ist. Das Fasten gehört wohl nicht dazu; auch hast du unfreiwillig wohl schon mehr gefastet als ich."

Der Archipoeta friert trotz des Sonnenscheins, und zugleich schwirren ihm tausend Gedanken durch den schmerzenden Kopf, die sich zu einem bewundernden Preislied auf seinen väterlichen Gönner verdichten wollen, doch immer wieder zerstreut werden.

presul urbis Agripine,
qui rigorem discipline
bonitate temperas,
nichil agens indiscrete,
ne sit fama mendax de te,
vita famam superas.

Erzbischof der Stadt Agrippas,
strenge Zucht in ihrer Härte
milderst du durch sanften Sinn.
Unklug wirst du niemals handeln!
Daß dein Ruf nicht unverdient sei,
übertrifft dein Leben ihn.

Weiter kommt er heute nicht. Es ist auch so kalt – er zittert, dann ist ihm wieder heiß. Der Medicus macht seinen Rundgang durch die Zelte der Gesunden, um etwa Erkrankte schnell behandeln zu können – obgleich er keinen großen Sinn mehr darin sieht. Den Archipoeta findet er mit hochrotem Gesicht und glasigen Augen auf. Er befiehlt ihm Ruhe, legt ihm ein mit einer Kräutertinktur getränktes Tuch auf die Stirn. Am späten Abend schaut er nach ihm; sein Patient erkennt ihn nicht mehr. Der Medicus tritt vor den Erzbischof.

„Der Dichter, Hochwürden."

Mehr muß er nicht sagen; Rainald springt auf, greift nach dem Chrismatorium – das kostbare Öl steht in diesen Tagen griffbereit. Der Medicus nimmt wahr, daß der ehrwürdige Herr sehr bleich aussieht und etwas schwankt.

Die Originaltexte

Carmen I – Bitte um Aufnahme

«Omnia tempus habent», et ego breve postulo tempus,
Ut possim paucos presens tibi reddere versus,
Electo sacro, presens in regmine macro;
Virgineo more non hec loquor absque rubore.

Vive, vir inmense! Tibi concedit regimen se,
Consilio cuius regitur validaque manu ius;
Pontificum flos es et maximus inter eos es.
Incolumis vivas, plus Nestore consilii vas!

Vir pie, vir iuste, precor, ut moveam precibus te,
Vir racione vigens, dat honorem tota tibi gens;
Amplecti minimos magni solet esse viri mos:
Cor miseris flecte, quoniam probitas decet hec te!

Pauperie plenos solita pietate fove nos
Et Transmontanos, vir Transmontane, iuva nos!
Nulla michi certe de vita spes nisi per te.

Frigore sive fame tolletur spiritus a me,
Asperitas brume necat horriferumque gelu me,
Continuam tussim pacior, tanquam tisicus sim,
Sencio per pulsum, quod non a morte procul sum.

Esse probant inopes nos corpore cum reliquo pes;
Unde verecundo vultu tibi verba precum do,
In tali veste non sto sine fronte penes te:
Liber ab interitu sis et memor esto mei tu!

Carmen II – Bitte zu Allerheiligen

Archicancellarie,
viris maior ceteris,
Splendore prudencie,
qua prudentes preteris,
Iubar es ecclesie,
sicut sol est etheris.

Laudes tibi canimus,
cuius luce iubaris
Illustratur animus
Friderici Cesaris,
Quod libenter facimus,
cum sis dator hilaris.

Pollens bonis moribus
et nitore generis
In humanis artibus
et divinis litteris
Tersis maior omnibus,
nullo minor crederis.

Vir fortis et sapiens
Fortunam non sequeris,
In adversis paciens,
modestus in prosperis,
Cuncta bene faciens
recta via graderis.

Ulixe facundior
Tulliane loqueris,
Columba simplicior
nulli fraudes ingeris,
Serpente callidior
a nullo deciperis.

Alexandro forcior
inimicos conteris,
David mansuecior
a cunctis diligeris
Et Martino largior
das, quod iuste peteris.

In regni negocio
fit, quodcumque precipis,
Qui sine consilio
nichil prorsus incipis.
Vim det tanto socio
mens Romani principis!

Adhuc starent menia
Mediolanensium
Nec Cesar per prelia
victor esset hostium,
Nisi Dei gracia
te dedisset socium.

Electum Colonie
claris dignum laudibus
Pre multa pauperie
nudis laudo pedibus.
Conqueror hoc hodie
coram sanctis omnibus.

Dum sanctorum omnium
colitur celebritas,
Singuli colencium
gerunt vestes inclitas,
Archicancellarium
vatem pulsat nuditas.

Poeta composuit
racionem rithmicam,
Sat Yrus inposuit
melodiam musicam,
Unde bene meruit
mantellum et tunicam.

Carmen III – Abbruch des Studiums

En habeo versus   te precipiente reversus.
Sit tibi frons leta   versus recitante poeta.
Laudibus eternum   nullus negat esse Salernum;
Illuc pro morbis   totus circumfluit orbis,
Nec debet sperni,   fateor, doctrina Salerni,
Quamvis exosa   michi sit gens illa dolosa.
Quid sim passus ibi,   nequit ex toto modo scribi.
Iam febre vexatus   nimioque dolore gravatus
Hic infirmabar,   quod vivere posse negabar,
Et michi dicebant   medici, qui signa videbant:
«Ecce, poeta, peris,   non vives, sed morieris.»
Sed febrem tandem   medicina fugavit eandem.
Nostri languoris   testis tibi sit color oris,
In vultu pallor   apparet adhuc, nisi fallor.
Dum sapiens fieri   cupio medicusque videri,
Insipiens factus   sum mendicare coactus.
Nunc mendicorum   socius sum, non medicorum,
Nudus et incultus   cunctis appareo stultus.
Pro vili panno   sum vilis parque trutanno.
Nec me nudavit   ludus neque fur spoliavit,
Pro solo victu   sic sum spoliatus amictu,
Pro victu vestes   consumpsi, dii michi testes.

Dum redeo, didici populi totius ab ore,
Quod tua distribuas solo pietatis amore;
Per mundum redoles tanto bonitatis odore,
Cesaris adiutor speciali dignus honore.

Te pauper sequitur, te predicat omnis egenus,
Idcirco quod sis hilaris dator atque serenus.
Tu miseris pater es multa dulcedine plenus;
Nulla quidem virtus est, a qua sis alienus.

Cum de presulibus male quisque loquatur avaris,
Omnes extollunt te laudibus undique claris;
Tu cum trans Alpes famosus ut hic habearis,
Re famam superas, non a fama superaris.

Optime vir, cuius soror est et amica Minerva,
Qua bene cuncta regis quamvis in gente proterva,
Sic da pauperibus, sic in celis coacerva,
Ne totum dones aliis, vero michi serva!

Vir pie, qui nunquam bursam pro paupere nodas,
Quantum sis largus, largo michi munere prodas!
Inde poeta tuus tibi scribam carmen et odas,
Sit finis verbi verbum laudabile: do, das.

Carmen IV – Predigt vor Geistlichen

Lingua balbus, hebes ingenio
Viris doctis sermonem facio.
Sed quod loquor, qui loqui nescio,
Necessitas est, non presumpcio.

Nulli vestrum reor ambiguum
Viris bonis hoc esse congruum,
Ut subportet magnus exiguum,
Egrum sanus et prudens fatuum.

Ne sim reus et dignus odio,
Si lucernam ponam sub modio,
Quod de rebus humanis sencio,
Pia loqui iubet intencio.

Brevem vero sermonem facio,
Ne vos gravet longa narracio,
Ne dormitet lector pre tedio
Et «Tu autem» dicat in medio.

Ad eternam beatitudinem
Lapsum Deus revocans hominem
Verbum suum, suam imaginem
Misit ad nos per matrem virginem.

Est unita Deitas homini,
Servo suo persona Domini,
Morti vita, splendor caligini,
Miseria beatitudini.

85

Scimus ista potencialiter
Magis facta quam naturaliter,
Scrutantibus spiritualiter
Scire licet quare, non qualiter.

Arte mira, miro consilio
Querens ovem bonus opilio
Vagantibus in hoc exilio
Locutus est nobis in filio.

Sanctum sue mentis consilium
Patefecit mundo per filium,
Ut reiecto cultu sculptilium
Deum nosset error gentilium.

Poetarum seductos fabulis
Veritatis instruxit regulis,
Signis multis atque miraculis
Fidem veram dedit incredulis.

Obmutescant humana somnia,
Nil occultum, iam patent omnia;
Revelavit fata latencia
Non sapiens, sed sapiencia.

Conticescat falsa temeritas,
Ubi palam loquitur veritas!
Quod divina probat auctoritas,
Non inprobet humana falsitas!

Huius mundi preterit orbita,
Stricta ducit ad vitam semita.
Qui scrutatur renum abscondita,
Trutinabit hominum merita.

Iudex iustus, inspector cordium
Nos ad suum trahit iudicium
Redditurus ad pondus proprium
Bona bonis, malis contrarium.

In hac vita misere vivitur,
Vanitas est omne, quod cernitur.
Eri natus hodie moritur,
Finem habet omne, quod oritur.

Sed qui dedit ad tempus vivere,
Vitam brevem potest producere;
Vitam potest de morte facere,
Qui mortuos iubet resurgere.

Nos ad regna vocat celestia,
Ubi prorsus nulla miseria,
Sed voluptas et vera gaudia,
Cum sit Deus omnibus omnia.

Puniamus virtute vicium,
Cuius caret fine supplicium!
Terreat nos ignis incendium,
Fetor, fletus et stridor dencium!

Sciens Deus nos esse teneros
Et gehenne dolores asperos
Pia voce revocat miseros
Ovem suam ponens in humeros.

O pietas inestimabilis!
Omnipotens incorruptibilis,
Creature misertus mobilis
Est pro nobis factus passibilis.

Est alapas passus et verbera,
Ludicrorum diversa genera,
Sputa, spinas et preter cetera
Crucis morte dampnatus aspera.

Cum creator in cruce patitur,
Ferreus est, qui non conpatitur;
Cum Salvator lancea pungitur,
Saxeus est, qui non conpungitur.

Conpungamur intus in anima
Iram Dei placantes lacrima!
Dies ire, dies novissima
Cito venit, nimis est proxima.

Ecce redit districtus arbiter,
Qui passus est misericorditer.
Redit quidem, sed iam minaciter;
Coactus est, non potest aliter.

Mundus totus conmotus acriter
Vindicabit auctorem graviter,
Et torquebit reos perhenniter
Quamvis iuste, tamen crudeliter.

Vos iudicis estis discipuli,
In scriptura divina seduli,
Christiani lucerne populi,
Contemptores presentis seculi.

Vos non estis virgines fatue,
Vestre non sunt lampades vacue,
Vasa vestra manant assidue
Caritatis oleo mutue.

Vos pascitis gregem Dominicum
Erogantes Divinum triticum
Quibusdam plus, quibusdam modicum,
Prout quemque scitis famelicum.

Decus estis ecclesiasticum:
Cum venerit iudex in publicum,
Ut puniat omne maleficum,
Sedebitis in thronis iudicum.

Verumtamen in mundi fluctibus,
Ubi nemo mundus a sordibus,
Quod dicitis in vestris cordibus,
Conpungendum est in cubilibus.

Insistite piis operibus
Bene vestris utentes opibus!
Nam Deo dat, qui dat inopibus:
Ipse Deus est in pauperibus.

Ut Divina testatur pagina,
Opes multe sunt iusto sarcina;
Summa virtus est elemosina,
Dici debet virtutum domina.

Hanc conmendo vobis pre ceteris,
Abscondatur in sinu pauperis!
Crede michi: si quid deliqueris,
Per hanc Deum placare poteris.

Hanc conmendo vobis precipue,
Hec est via vite perpetue,
Quod Salvator ostendens congrue
Dixit: «Omni petenti tribue!»

Scitis ista neque vos doceo,
Sed quod scitis, facere moneo.
Pro me loqui iam tandem debeo;
Non sum puer, etatem habeo.

Vitam meam vobis enucleo,
Paupertatem meam non taceo:
Sic sum pauper et sic indigeo,
Quod tam siti quam fame pereo.

Non sum nequam, nullum decipio,
Uno tantum laboro vicio;
Nam libenter semper accipio
Et plus michi quam fratri cupio.

Si vendatur propter denarium
Indumentum, quod porto, varium,
Grande michi fiet obprobrium,
Malo diu pati ieiunium.

Largissimus largorum omnium
Presul dedit hoc michi pallium
Magis habens in celis premium
Quam Martinus, qui dedit medium.

Nunc est opus, ut vestra copia
Sublevetur vatis inopia,
Dent nobiles dona nobilia,
Aurum, vestes et his similia.

Ne pauperi sit excusacio,
Det quadrantem gazofilacio!
Hec vidue fuit oblacio,
Quam Divina conmendat racio.

Viri digni fama perpetua,
Prece vestra conplector genua;
Ne recedam hinc manu vacua,
Fiat pro me collecta mutua!

Mea vobis patet intencio;
Vos gravari sermone sencio;
Unde finem sermonis facio,
Quem sic finit brevis oracio.

Prestet vobis creator Eloy
Caritatis lechitum olei,
Spei vinum, frumentum fidei
Et post mortem ad vitam provehi,

Nobis vero mundo fruentibus,
Vinum bonum sepe bibentibus,
Sine vino deficientibus
Nummos multos pro largis sumptibus!

Amen.

Carmen V – Ablehnung eines Auftrags

Archicancellarie, vir discrete mentis,
Cuius cor non agitur levitatis ventis
Aut morem transgreditur viri sapientis,
Non est in me forsitan id, quod de me sentis.

Audi preces, domine, veniam petentis,
Exaudi suspiria gemitusque flentis
Et opus inpositum ferre non valentis,
Quod probare potero multis argumentis.

Tuus in perpetuum servus et poeta
Ibo, si preceperis, eciam trans freta,
Et, quodcumque iusseris, scribam mente leta,
Sed angusti temporis me coartat meta.

[Iubes angustissimo spacio dierum
Me tractare seriem augustarum rerum,
Quas neque Virgilium posse nec Homerum
Annis quinque scribere constat esse verum.]

Vis, ut infra circulum parve septimane
Bella scribam forcia breviter et nane,
Que vix in quinquennio scriberes, Lucane,
Vel tu, vatum maxime, Maro Mantuane.

Vir virorum optime, parce tuo vati,
Qui se totum subicit tue voluntati!
Precor, cum non audeam opus tantum pati,
Ut rigorem temperes ardui mandati.

Nosti, quod in homine non sit eius via.
Prophecie spiritus fugit ab Helya,
Helyseum deserit sepe prophecia,
Nec me semper sequitur mea poetria.

Aliquando facio versus mille cito
Et tunc nulli cederem versuum perito.
Sed post tempus modicum cerebro sopito
Versus a me fugiunt carminis oblito.

Que semel emittitur, nescit vox reverti.
Scripta sua corrigunt eciam diserti.
Versus volunt corrigi denuoque verti,
Ne risum segnicies pariat inerti.

Loca vitant publica quidam poetarum
Et secretas eligunt sedes latebrarum,
Student, instant, vigilant nec laborant parum
Et vix tandem reddere possunt opus clarum.

Ieiunant et abstinent poetarum chori,
Vitant rixas publicas et tumultus fori
Et, ut opus faciant, quod non possint mori,
Moriuntur studio subditi labori.

Unicuique proprium dat Natura munus.
Ego numquam potui scribere ieiunus,
Me ieiunum vincere posset puer unus:
Sitim et ieiunium odi quasi funus.

Unicuique proprium dat Natura donum.
Ego versus faciens bibo vinum bonum
Et quod habent purius dolia cauponum.
Tale vinum generat copiam sermonum.

Tales versus facio, quale vinum bibo,
Nichil possum facere nisi sumpto cibo,
Nichil valent penitus, que ieiunus scribo;
Nasonem post calicem carmine preibo.

Michi numquam spiritus poetrie datur,
Nisi prius fuerit venter bene satur.
Dum in arce cerebri Bachus dominatur,
In me Phebus irruit et miranda fatur.

Scribere non valeo pauper et mendicus,
Que gessit in Lacio Cesar Fridericus,
Qualiter subactus est Tuscus inimicus,
Preter te, qui Cesaris integer amicus.

Poeta pauperior omnibus poetis,
Nichil prorsus habeo, nisi quod videtis.
Unde sepe lugeo, quando vos ridetis.
Nec me meo vicio pauperem putetis!

Fodere non debeo, quia sum scolaris,
Ortus ex militibus preliandi gnaris;
Sed quia me terruit labor militaris,
Malui Virgilium sequi quam te, Paris.

Mendicare pudor est, mendicare nolo,
Fures multa possident, sed non absque dolo.
Quid ergo iam faciam, qui nec agros colo,
Nec mendicus fieri nec fur esse volo?

Sepe de miseria mee paupertatis
Conqueror in carmine viris litteratis;
Laici non capiunt ea, que sunt vatis,
Et nil michi tribuunt, quod est notum satis.

A viris Teutonicis multa solent dari,
Digni sunt pre ceteris laude singulari.
. . . .
. . . .

Presules Italie, presules avari,
Pocius ydolatre debent nominari,
Vix quadrantem tribuunt pauperi scolari.
Quis per dona talia poterit ditari?

Doleo, cum video leccatores multos
Penitus inutiles penitusque stultos,
Nulla prorsus animi racione fultos
Sericis et variis indumentis cultos.

Vellem, soli milites eis ista darent,
Et de nobis presules nostri cogitarent,
Non leonum spoliis asinos ornarent,
Sed dum querunt gloriam, pietate carent.

Eia nunc pontifices pietatis mire,
Cum poeta soleat foris esurire,
Mimi solent cameras vestras introire,
Qui nil sciunt facere preter insanire.

Pereat ypocrisis omnium parcorum,
Scimus, quod avarus est cultor ydolorum.
Commendetur largitas presulum largorum,
Electus Colonie primus est eorum.

In regni negociis potens et peritus
A regni negocio nomen est sortitus,
Precepti Dominici memor, non oblitus
Tribuit hilariter, non velud invitus.

Unde fit, ut aliquid petere presumam:
Nudus ego, metuens frigus atque brumam,
Qui vellus non habeo nec in lecto plumam,
Tam libenter michi det, quam libenter sumam.

Archicancellarie, spes es mea solus,
In te non est macula, non est in te dolus.
Longa tibi tempora det fatalis colus,
Cuius illustrabitur claritate polus.

Nummos, quos tu dederas, bene dispensavi,
Pauperem presbiterum hac estate pavi,
Ut te Deus protegat in labore gravi
Et coram te corruant inimici pravi.

Largum habens dominum nolo parcus esse,
Nolo sine socio mea frui messe,
Nobilis est animi pluribus prodesse,
Largo numquam poterit animo deesse.

Secundum quod habeo, tribuo libenter
Neque panem comedo solus et latenter
Et non sum, qui curias intrem inprudenter,
Sicut illi faciunt, quorum Deus venter.

Archicancellarie, spes et vita mea,
In quo mens est Nestoris et vox Ulixea,
Christus tibi tribuat annos et trophea
Et nobis facundiam, ut scribamus ea.

Carmen VI – Kaiserhymnus

Salve, mundi domine, Cesar noster, ave!
Cuius bonis omnibus iugum est suave!
Quisquis contra calcitrat putans illud grave,
Obstinati cordis est et cervicis prave.

Princeps terre principum, Cesar Friderice,
Cuius tuba titubant arces inimice,
Tibi colla subdimus tygres et formice
Et cum cedris Libani vepres et mirice.

Nemo prudens ambigit te per Dei nutum
Super reges alios regem constitutum
Et in Dei populo digne consecutum
Tam vindicte gladium, quam tutele scutum.

Unde diu cogitans, quod non esset tutum
Cesari non reddere censum vel tributum,
Vidua pauperior tibi do minutum,
De cuius me laudibus pudet esse mutum.

Tu foves et protegis magnos et minores,
Magnis et minoribus tue patent fores.
Omnes ergo Cesari sumus debitores,
Qui pro nostra requie sustinet labores.

Dent fruges agricole, pisces piscatores,
Auceps volatilia, feras venatores,
Nos poete pauperes, opum contemptores,
Scribendo Cesareos canimus honores.

Filius ecclesie fidem sequor sanam,
Contempno gentilium falsitatem vanam,
Unde iam non invoco Febum vel Dianam
Nec a Musis postulo linguam Tullianam.

Christi sensus imbuat mentem Christianam,
Ut de christo Domini digna laude canam,
Qui potenter sustinens sarcinam mundanam
Relevat in pristinum gradum rem Romanam.

Scimus per desidiam regum Romanorum
Ortas in imperio spinas inpiorum
Et sumpsisse cornua multos populorum,
De quibus commemoro gentem Lombardorum.

Que dum turres erigit more Giganteo,
Volens altis turribus obviare Deo,
Contumax et fulmine digna Ciclopeo
Instituta principum sprevit ausu reo.

Libertatis titulo volens gloriari,
Nolens in Italia regem nominari,
Indignata regulis legum cohartari
Extra legum terminos cepit evagari.

De tributo Cesaris nemo cogitabat,
Omnes erant Cesares, nemo censum dabat;
Civitas Ambrosii velud Troia stabat,
Deos parum, homines minus formidabat.

Dives bonis omnibus et beata satis,
Nisi quia voluit repugnare fatis,
Cuius esse debuit summa libertatis,
Ut quod erat Cesaris, daret ei gratis.

Surrexit interea rex iubente Deo,
Metuendus hostibus tanquam ferus leo,
Similis in preliis Iude Machabeo,
De quo quicquid loquerer, minus esset eo.

Non est eius animus in curanda cute,
Curam carnis conprimit animi virtute,
De communi cogitans populi salute
Pravorum superbiam premit servitute.

Quanta sit potencia vel laus Friderici,
Cum sit patens omnibus, non est opus dici.
Qui rebelles lancea fodiens ultrici,
Representat Karolum dextera victrici.

hic ergo considerans orbem conturbatum
Potenter aggreditur opus Deo gratum
Et, ut regnum revocet ad priorem statum,
Repetit ex debito census civitatum.

Prima suo domino paruit Papia,
Urbs bona, flos urbium, clara, potens pia;
Digna foret laudibus et topographia,
Nisi quod nunc utimur brevitatis via.

Post Papiam ponitur urbs Novariensis,
Cuius pro imperio dimicavit ensis
Frangens et reverberans viribus inmensis
Impetum superbie Mediolanensis.

Carmine, Novaria, semper meo vives,
Cuius sunt per omnia commendandi cives,
Inter urbes alias eris laude dives,
Donec desint Alpibus frigora vel nives.

Letare, Novaria, nunquam vetus fies,
Meis tu carminibus renovari scies!
Fame tue terminus nullus erit dies,
Nunc est tibi reddita post laborem quies.

Mediolanensium dolor est inmensus,
Pre dolore nimio conturbatur sensus.
Civibus Ambrosii furor est accensus,
Dum ab eis petitur, ut a servis, census.

Interim precipio tibi, Constantine,
Iam depone dexteram, tue cessent mine!
Mediolanensium tante sunt ruine,
Quod in urbe media modo regnant spine.

Tantus erat populus atque locus ille,
Si venisset Grecia tota cum Achille,
In qua tot sunt menia, tot potentes ville,
Non eam subicere possent annis mille.

Iussu tamen Cesaris obsidetur locus,
Donec ita venditur esca sicut crocus.
In tanta penuria non est ibi iocus,
Ludum tandem Cesaris terminavit rocus.

Sonuit in auribus angulorum terre
Et in maris insulis huius fama gerre;
Quam si michi liceat plenius referre,
Hoc opus Eneidi poteris preferre.

Modis mille scriberem bellicos conflictus,
Hostiles insidias et viriles ictus,
Quantis minis inpetit ensis hostem strictus,
Qualiter progreditur castris rex invictus.

Erant in Ytalia greges vispillonum,
Semitas obsederat rabies predonum,
Quorum cor ad scelera semper erat pronum,
Quibus malum facere videbatur bonum.

Cesaris est gloria, Cesaris est donum,
Quod iam patent omnibus vie regionum,
Dum ventis exposita corpora latronum
Surda flantis boree captant aure sonum.

Iterum describitur orbis ab Augusto,
Redditur res publica statui vetusto;
Pax terras ingreditur habitu venusto
Et iam non opprimitur iustus ab iniusto.

Volat fama Cesaris velut velox ecus,
Hac audita trepidat imperator Grecus,
Iam quid agat nescius, iam timore cecus,
Timet nomen Cesaris, ut leonem pecus.

Iam tiranno Siculo Siculi detrectant,
Siculi te siciunt, Cesar, et exspectant;
Iam libenter Apuli tibi genu flectant,
Mirantur, quid detinet, oculos humectant.

Archicancellarius viam preparavit,
Dilatavit semitas, vepres extirpavit,
Ipso iugo Cesaris terram subiugavit
Et me de miserie lacu liberavit.

Imperator nobilis, age sicut agis,
Sicut exaltatus es, exaltare magis,
Fove tuos subditos, hostes cede plagis,
Super eos irruens ulcione stragis.

Carmen VII – Vagantenbeichte

Estuans intrinsecus ira vehementi
In amaritudine loquor mee menti:
Factus de materia levis elementi
Folio sum similis, de quo ludunt venti.

Cum sit enim proprium viro sapienti
Supra petram ponere sedem fundamenti,
Stultus ego conparor fluvio labenti
Sub eodem aere nunquam permanenti.

Feror ego veluti sine nauta navis,
Ut per vias aeris vaga fertur avis.
Non me tenent vincula, non me tenet clavis,
Quero mei similes et adiungor pravis.

Michi cordis gravitas res videtur gravis,
Iocus est amabilis dulciorque favis.
Quidquid Venus imperat, labor est suavis,
Que nunquam in cordibus habitat ignavis.

Via lata gradior more iuventutis,
Inplico me viciis inmemor virtutis,
Voluptatis avidus magis quam salutis,
Mortuus in anima curam gero cutis.

Presul discretissime, veniam te precor:
Morte bona morior, dulci nece necor,
Meum pectus sauciat puellarum decor,
Et quas tactu nequeo, saltem corde mecor.

Res est arduissima vincere naturam,
In aspectu virginis mentem esse puram;
Iuvenes non possumus legem sequi duram
Leviumque corporum non habere curam.

Quis in igne positus igne non uratur?
Quis Papie demorans castus habeatur,
Ubi Venus digito iuvenes venatur,
Oculis illaqueat, facie predatur?

Si ponas Ypolitum hodie Papie,
Non erit Ypolitus in sequenti die:
Veneris in thalamos ducunt omnes vie,
Non est in tot turribus turris Alethie.

Secundo redarguor eciam de ludo,
Sed cum ludus corpore me dimittit nudo,
Frigidus exterius, mentis estu sudo,
Tunc versus et carmina meliora cudo.

Tercio capitulo memoro tabernam,
Illam nullo tempore sprevi neque spernam,
Donec sanctos angelos venientes cernam
Cantantes pro mortuis «Requiem eternam».

Meum est propositum in taberna mori,
Ut sint vina proxima morientis ori.
Tunc cantabunt lecius angelorum chori:
«Sit Deus propicius huic potatori!»

Poculis accenditur animi lucerna,
Cor inbutum nectare volat ad superna.
Michi sapit dulcius vinum de taberna,
Quam quod aqua miscuit presulis pincerna.

Loca vitant publica quidam poetarum
Et secretas eligunt sedes latebrarum,
Student, instant, vigilant nec laborant parum
Et vix tandem reddere possunt opus clarum.

Ieiunant et abstinent poetarum chori,
Vitant rixas publicas et tumultus fori
Et, ut opus faciant, quod non possint mori,
Moriuntur studio subditi labori.

Unicuique proprium dat Natura munus:
Ego nunquam potui scribere ieiunus,
Me ieiunum vincere posset puer unus.
Sitim et ieiunium odi quasi funus.

Unicuique proprium dat Natura donum.
Ego versus faciens bibo vinum bonum
Et quod habent purius dolia cauponum;
Tale vinum generat copiam sermonum.

Tales versus iacio, quale vinum bibo,
Nichil possum facere nisi sumpto cibo,
Nichil valent penitus, que ieiunus scribo.
Nasonem post calices carmine preibo.

Michi nunquam spiritus poetrie datur,
Nisi prius fuerit venter bene satur.
Dum in arce cerebri Bachus dominatur,
In me Phebus irruit et miranda fatur.

Ecce mee proditor pravitatis fui,
De qua me redarguunt servientes tui.
Sed eorum nullus est accusator sui,
Quamvis velint ludere seculoque frui.

Iam nunc in presencia presulis beati
Secundum Dominici regulam mandati
Mittat in me lapidem neque parcat vati,
Cuius non est animus conscius peccati!

Sum locutus contra me, quidquid de me novi,
Et virus evomui, quod tam diu fovi.
Vita vetus displicet, mores placent novi;
Homo videt faciem, sed cor patet Iovi.

Iam virtutes diligo, viciis irascor,
Renovatus animo spiritu renascor;
Quasi modo genitus novo lacte pascor,
Ne sit meum amplius vanitatis vas cor.

Electe Colonie, parce penitenti,
Fac misericordiam veniam petenti
Et da penitenciam culpam confitenti!
Feram, quidquid iusseris, animo libenti.

Parcit enim subditis leo rex ferarum
Et est erga subditos inmemor irarum,
Et vos idem facite, principes terrarum!
Quod caret dulcedine, nimis est amarum.

Carmen VIII – Jonasbeichte

Fama tuba dante sonum
Excitata vox preconum
Clamat viris regionum
Advenire virum bonum,

Patrem pacis et patronum,
Cui Vienna parat tronum,
Multitudo marchionum.
Turba strepens istrionum
Iam conformat tono tonum.

Genus omne balatronum
Intrat ante diem nonum,
Quisquis sperat grande donum.
Ego caput fero pronum,
Tamquam frater sim latronum,
Reus, inops racionum,
Sensus egens et sermonum.

Nomen vatis vel personam
Manifeste non exponam,
Sed quem fuga fecit Ionam,
Per figuram satis bonam
Ione nomen ei ponam.

Lacrimarum fluit rivus,
Quas effundo fugitivus
Intra cetum semivivus,
Tuus quondam adoptivus.
Sed pluralis genitivus,
Nequam nimis et lascivus,
Michi factus est nocivus.

Voluptate volens frui
Conparabar brute sui
Nec cum sancto sanctus fui,
Unde timens iram tui,
Sicut Ionas Dei sui,
Fugam petens fuga rui.

Ionam deprehensum sorte,
Reum tempestatis orte,
Condempnatum a cohorte
Mox absorbent ceti porte.
Sic et ego dignus morte
Prave vivens et distorte,
Cuius carnes sunt absorte,
Sed cor manet adhuc forte.
Reus tibi vereor te
Miserturum michi forte.

Ecce Ionas tuus plorat,
Culpam suam non ignorat,
Pro qua cetus eum vorat,
Veniam vult et inplorat,
Ut a peste, qua laborat,
Solvas eum, quem honorat,
Tremit, colit et adorat.

Si remittas hunc reatum
Et si ceto das mandatum,
Cetus, cuius os est latum,
More suo dans hiatum
Vomet vatem decalvatum
Et ad portum destinatum
Feret fame tenuatum,
Ut sit rursus vates vatum
Scribens opus tibi gratum.
Te divine mentis fatum
Ad hoc iussit esse natum,
Ut decore probitatum
Et exemplis largitatum
Reparares mundi statum.

Hunc reatum si remittas,
Inter enses et sagittas
Tutus ibo, quo me mittas,
Hederarum ferens vittas.
Non timebo Ninivitas
Neque gentes infronitas.
Vincam vita patrum vitas
Vitans ea, que tu vitas,
Poetrias inauditas
Scribam tibi, si me ditas.

Ut iam loquar manifeste,
Paupertatis premor peste
Stultus ego, qui penes te
Nummis, equis, victu, veste
Dies omnes duxi feste,
Nunc insanus plus Oreste
Male vivens et moleste,
Trutannizans inhoneste
Omne festum duco meste.
Res non eget ista teste.

Pacis auctor, ultor litis,
Esto vati tuo mitis
Neque credas inperitis!
Genitivis iam sopitis
Sanccior sum heremitis.
Quicquid in me malum scitis,
Amputabo, si velitis.
Ne nos apprehendat sitis,
Ero palmes et tu vitis.

Carmen IX – Himmlische Vision

Nocte quadam sabbati somno iam refectus,
Cum michi fastidio factus esset lectus,
Signo crucis muniens frontem, vultum, pectus
Indui me vestibus, quibus eram tectus.

Sic dum nec accumberem neque starem rectus,
Tantus odor naribus meis est iniectus,
Quantum nunquam protulit spica nardi nec thus
Neque liquor balsami recens et electus.

Ortus erat Lucifer, stella matutina,
Cum perfusus undique luce repentina
Sum raptus ad ethera quadam vi divina.
Ubi Deus raptor est, dulcis est rapina.

Repente sub pedibus hunc relinquo mundum
Et in orbem videor ingredi secundum,
Cuius admirabile lumen et iocundum
Non valet exprimere verbis os facundum.

Non est ibi gemitus neque vox dolentis,
Ubi sanctus populus inmortalis gentis
Liber a periculis, tutus a tormentis
Pace summa fruitur et quiete mentis.

Ibi pulchritudinem vidi domus Dei,
Ipsum tamen oculi non videre mei.
Nam divine tantus est splendor faciei,
Quod mirantur angeli, qui ministrant ei.

Hic nec Aristotilem vidi nec Homerum,
Tamen de sentenciis nominum et rerum,
De naturis generum atque specierum
Magnus michi protulit Augustinus verum.

Post hec ad archangelum loquens Michaelem,
Qui regit per angelos populum fidelem,
Ab eo sum monitus, ut secreta celem
Et celi consilia nemini revelem.

Unde quamvis cernerem de futuris multa,
Que sunt intellectibus hominum sepulta,
Celi tamen prodere vereor occulta.
Tu vero ne timeas, presul, sed exulta!

Tibi deputatus est unus angelorum,
Super omnes alios habens os decorum,
Sicut tu virtutibus operum clarorum
Meritis preradias omnium proborum.

Huius ope prelia te vicisse scias,
Ut des Deo gloriam nec superbus fias!
Tui dux itineris est per omnes vias,
Pro tuis excessibus preces fundens pias.

Per hunc regnum Siculi fiet tui iuris,
Ad radicem arboris ponitur securis.
Tyrannus extollitur et est sine curis,
Sed eius interitus venit instar furis.

Nolo tibi denique nimium blandiri
Neque meo domino blandiens mentiri.
Nemo potest adeo mundus inveniri,
Ut sit sine macula mens et actus viri.

Ille sanctus inclitus, gemma sacerdotum,
Cuius nomen omnibus reor esse notum,
Qui suis miraculis replet orbem totum,
Se dicit adversum te nimis esse motum.

Cumque vellet conqueri de te coram Deo,
Vix querelam distulit flexus fletu meo;
Flebam namque graviter, sicut sepe fleo,
Lacrimis indutias postulans ab eo.

Fluebant ab oculis lacrimarum rivi,
Et quia conpescere lacrimas nequivi,
De terra ridencium lacrimans exivi,
Inventus in lectulo more semivivi.

Precor, ergo, domine, flos presentis evi,
Ut ad sancti graciam redeas in brevi.
Res eius diripiunt quidam lupi sevi,
Quas tu restituere verbo potes levi.

Quamvis incessabilis sarcina curarum
Mentem tuam distrahat nec fatiget parum,
Scire tamen opus est, quid sit Deo carum,
Iuvare viriliter res ecclesiarum.

Fac ergo concordiam sancto cum Martino,
Qui pro te multotiens me potavit vino!
Quod hec pax sit melior quam cum Palatino,
Novit, quisquis agitur spiritu divino.

Cum te vir sanctissimus vellet accusare,
Vix eum prohibui lacrimans amare.
Et quia sic volui pro te laborare,
Debes michi magnum quid in hoc festo dare.

Tussis indeficiens et defectus vocis
Cum ruinam nuncient obitus velocis,
Circumdant me gemitus in secretis locis,
Nec iam libet solitis delectari iocis.

Quamvis tamen moriar et propinquem fini,
Et me fata terreant obitus vicini,
Non possum diligere nomen Palatini,
Per quem facta carior est lagena vini.

Afflixit iniuriis populum et clerum.
Sed de tot iniuriis diversarum rerum
Ego non conquererer, ut iam loquar verum,
Nisi michi carius venderetur merum.

Ut tyrannis comitis exponatur ipsi,
Tales versus facio, quales nunquam scripsi.
Omne ve, quod legitur in Apocalipsi,
Ferat, nisi liberet vites ab eclipsi.

Interim me Dominus iuxta psalmum David
Regit et in pascue claustro collocavit.
Hic michi, non aliis vinum habundavit;
Abbas bonus pastor est et me bene pavit.

Carmen X – Preislied auf Rainald

Presul urbis Agripine,
Qui rigorem discipline
Bonitate temperas,
Nichil agens indiscrete,
Ne sit fama mendax de te,
Vita famam superas.
. . . .

FSC
www.fsc.org
MIX
Papier | Fördert
gute Waldnutzung
FSC® C083411

Zeitfracht Medien GmbH
Ferdinand-Jühlke-Straße 7
99095 Erfurt, Deutschland
produktsicherheit@kolibri360.de